Kyogoku Natsuhiko

目次

◎鬼——
世稱丑寅方為鬼門
今畫上之鬼形
頭冠牛角
腰繫虎皮
即呼應丑寅
而成此形
——今昔畫圖續百鬼／雨
鳥山石燕／安永八年

1

「說是……可怕極了。」

少女如是說。

抬頭挺胸，堅毅果決，因此與其說是傾訴，看起來更像是在抗議，但少女並不激動，更非氣憤。

總之，這女孩嚴肅無比。

見面以後，她一次也沒有別開目光。

甚至令自己難為情起來，主動轉開了視線。

據說少女才十四歲。

中禪寺敦子回想那個年紀的自己。自己也是這樣的神態嗎？

積極，但不知變通，儘管並非冥頑不靈，然而在得到能接受的答案之前，都不肯退讓——以前的敦子也是這樣的女孩，所以才會老是擺出這種緊咬不放的態度。

不過除此之外的部分，完全不像。

與身材嬌小的敦子不同，眼前的女孩個子挺拔，手腳也很修長。

光是這樣，看起來就外向活潑許多。敦子比她大了十歲以上，但身高應該比她還矮。

年長的人就應該比較高，這才是小孩子的思維，而且身高根本無關緊要；但對方的外表帶來的活潑印象，卻讓敦子無甚來由地感到自卑。

「請問……妳在聽嗎？」

少女——吳美由紀側了側頭。

「不好意思。」敦子掩飾分心。

她並非心不在焉。

「我確定一下，『可怕極了』——這句話是誰說的？是被害者片倉同學嗎？還是加害者宇野？」

「啊，我才是不好意思。」

美由紀將一雙渾圓大眼睜得更圓了。

「我說得太起勁了。我一直叫自己要有條有理地說明，卻不知不覺間沖昏頭。呃，我說得很顛三倒四嗎？」

「沒這回事。」敦子說。

少女的描述，完全不像個十四、五歲的小女孩。

「我沒辦法說得像中禪寺先生那麼好。」美由紀說。

聽到中禪寺，敦子一下子反應不過來她在說什麼（註）。

因為她和美由紀是第一次見面，而且敦子幾乎還沒有說上什麼話。

不過敦子立刻察覺美由紀說的是哥哥。

敦子的哥哥是一間小神社的神職人員，並兼營舊書店。

也就是說，哥哥不過一介市井小民，然而他卻與刑警、偵探、社會記者等難說是一般民眾的特殊人士過從甚密，因此經常被捲入帶有犯罪成分的風波，也經常被拱上風頭浪尖去解決事情。一般而言，感覺舊書店老闆兼神主對這類罪案派不上用場，不過就哥哥而言，似乎不在此限。

對於不重要的事，哥哥無所不知。

而且他辯才無礙，口舌媲美惡魔。

哥哥手無縛雞之力，也缺乏體力，他的武器就是話語。口中發出滔滔雄辯，捲起強而有力的漩渦。有時撼動人心、翻轉場面，事件因此瓦解冰消。

哥哥應該是以話語構成的。

因此敦子記憶中的哥哥，相貌往往曖昧不清，唯獨聲音總是清晰的。那聲音總是以條理分明的脈絡，述說不動如山的真理。

註：日文一般的敬稱不分男女，因此敦子當下以為是在說她。

去年春季，一所寄宿制女校裡發生了連續獵奇殺人事件。

美由紀就是涉案人士之一。

包括要好的朋友在內，她親眼目睹多人遇害，學校也封鎖了。

敦子的哥哥協助讓那起事件落幕。

因此美由紀曾在現場實際聽到哥哥的長篇大論。

敦子輕笑。

「世上找不到像他那樣能言善道的人了。要是像家兄那樣說話，周圍的人都要退避三舍的。」

「因為我是女人嗎？還是因為我是個小丫頭？」

美由紀的眼睛睜得更圓了。

敦子搖頭。

「我認為男人或女人這樣的區別沒有意義。一個人的主張，和他是男是女無關吧？我自己也厭惡這樣的區別——不，這不是好惡的問題，而是互不相關。」

「不相關嗎？」

應該無關吧。

可是。

「不……從社會角度來看，這麼區別，對許多人來說似乎比較方便，還是會想要區別看待吧，所以要主張不相關，相當麻煩，但兩者分明沒有關係吧？順帶一提，和年齡也沒有關係。」

敦子心想，這話有一半以上是在說給自己聽。

要超越性別，無視輩分地活在現今的社會，坦白說，相當累人。

「我哥……是個怪人。」

敦子回想起哥哥。

果然還是只能想起聲音。

「他很怪，對吧？」敦子問，美由紀苦笑地應道：

「是啊。不過他說了那麼多深奧的事，卻能讓人聽懂，我覺得很厲害。我真的都聽懂，但他說的內容相當難以理解，也有許多從來沒聽過的字詞，我自己也不明白我怎麼能聽懂。」

「只是被唬過去罷了吧？」

哥哥就是這種人。

「不是的。」

美由紀反駁。

「怎麼說，就算不解其意，也明白箇中道理——不對，就算叫我再從頭解釋一遍，我也做不來。那叫詞彙，是嗎？我的詞彙不多。可是，那我是一知半解，自以為明白罷了嗎？卻也不是這樣，我覺得我徹底理解。也就是說，在邏輯上，還是道理上，我完整理解，只是我懂的詞彙太少，所以無法說明罷了。」

「我不這麼認為。」

「不。」美由紀搖頭，「那起事件的時候，我說的話也都沒能讓大人聽進去……但我仔細思考，斟酌措詞之後，大人就聽懂了。如果我早點那麼做的話，或許就能為解決事件做出一點貢獻，一想到這裡，我就……」

後悔不已嗎？

就敦子所知，這名少女沒有任何責任，反而是被害者。光是學校內部，就有三名學生、兩名職員遇害，也有人受傷。

這些慘案全都發生在這名活潑的少女眼前。敦子尋思，普通情況，會怎麼樣？

不，世上沒有普通這回事。換做是我，會怎麼樣？距離慘劇落幕，還不到一年的時間。我有辦法表現得像她這樣堅強嗎？別說表現堅強了，我有辦法謙虛地反省自己當時的作為嗎？

我……應該會吧。

這部分或許很像。

「我覺得要讓別人了解、讓別人相信，話語是很重要的。即使笨口拙舌也一樣。我深刻感受到條理分明、邏輯清晰地說明有多重要……」

「這話完全沒錯，但我勸妳不要效法我哥。就算想學，那也是學不來的。我認為不能盲信話語。我也曾經有過和妳一樣的想法，結果陷進話語的迷宮裡，困在裡面。條理分明地說明是很好，但使用適合自己的詞彙就夠了。」

「果然是兄妹呢。」美由紀感動地說，「你們的氣質很像，中禪寺小姐。」

這回的中禪寺應該是在說敦子。「叫我敦子就好。」她說。

這個空間很不可思議。

兩人身在所謂的窄巷裡，而且是在柑仔店前面。店面擺了張簡陋的木桌，木桌外再擺了張更簡陋的長板凳，敦子和美由紀就面對面坐在那裡。巷弄極窄，因此顯然防礙通行了，而且也遮擋了店面，但似乎也不是什麼問題。再進去一點好像就是死巷，而且周圍全是圍牆，根本也沒什麼人會經過吧。

她覺得平日孩童應該就是坐在這裡吃糖果。

現在桌上擱著兩瓶彈珠汽水。因為不是暑熱季節——倒不如說，天氣顯然還冷得很，因此敦子根本不想喝什麼彈珠汽水，卻毫無選擇餘地。

美由紀身後的木板圍牆上張貼著紙張，寫著「果汁、汽水」，但那些都是粉末果汁。當然不可能有茶或咖啡。

這裡好像是美由紀的祕密基地。同學似乎都是去甜品店，但美由紀說她不喜歡那類地方。說在這裡陪孩子玩耍，比較符合她的性子。

這家柑仔店叫「兒童屋」。店如其名——或者說，換個角度來看，簡直是玩笑般的店名，但據說原本是賣麻糬的，開業以來，一直是這個店名。好像是在上一場戰爭失去了男丁，無法繼續做麻糬，留下來的老寡婦選擇了柑仔店這種一個人也做得來的生意。

聽到相約碰面的地點時，敦子有些驚訝。她從來沒有和人約在柑仔店碰面過。但轉念又想，對方還算是個孩子，所以也並不奇怪嗎？但等著她的美由紀個頭高大，比想像中更成熟，讓她又吃了一驚。美由紀一身制服，那身影怎麼看都與這蕭條的景色格格不入，卻不知為何完全融入其中。

兒童屋離敦子位在上馬的住處不遠，她常經過前面的大馬路。

但不曾拐進這條巷子裡，沒事不會進巷子。

凡事墨守成規、過著毫無玩心的人生的敦子，是不會毫無意義地繞遠路的。她對這樣的自己感到厭倦，去年秋天試著偏離了正軌一下，卻因此吃了極大的苦頭。

此後她再也不曾偏離正軌。

所以這景象對她很新鮮。

「那……我再確定一次，」

是誰在害怕？敦子問。

「片倉學姊。」

「被害者，對吧？」

「對，遇害的片倉春子，高中部一年級。」

「妳現在……」

「我馬上就要升高中部了。」美由紀說，「我是在中學部三年級才轉進現在的學校的，所以遲遲交不到朋友。在之前的學校發生的事，也有很多人知道……」

這可以理解。

同齡且全為同性的團體，自有它的棘手之處。想要打入其中，需要經歷麻煩的程序，有時也會發生陰險的衝突。半斤八兩、而非截然不同的人聚在一處，有時一丁點的差異就會讓人誤以為是莫大的隔閡，或是反過來被剉去邊角，變成同質。無論哪一邊，都無法做自己。任何事情都會造成負擔。

據說同學都說美由紀是「殺人學校來的」。

美由紀以前就讀的學校，學生幾乎都是大家閨秀，學校關閉後，也都轉學到相當不錯的學校去，頗受禮遇的樣子。她們全都被當成被害者呵護。

但美由紀的情況似乎有些不同。

美由紀的家庭，借用美由紀自己的話來說，雖然不到窮困，卻也稱不上富裕。進入之前的學院就讀時，家裡好像也是相當勉強才籌到學費。美由紀說當學院決定關閉時，她便放棄繼續升學了。

她能轉進現在的學校，是關閉的學院的代理理事長特別替她安排的。代理理事長似乎完全以個人的身分，甚至在經濟上資助美由紀。

就敦子所知，那名人士應該地位相當不凡，一樣是借用美由紀的話，那位代理理事長是個正義感十足、心地極善良的人，卻又是個遲鈍到極點、樂觀到天真的人。

這番評語頗為辛辣。

「妳在學校受到欺侮嗎？」敦子說。

「有點難說。視而不見、背地裡說壞話那些，我本來就不太在乎，而且我是那種挨打了一定會還手的人。」

「妳真堅強。」

「其實，某次有人說我遇害的朋友的壞話，我真的怒上心頭，一腳踹了對方，反而挨罵了。所以我並不覺得自己受人欺侮，只是有段時間受到孤立……」

但現在過得滿普通的，美由紀說：

「有些人是很討厭，不過人家應該也不喜歡我，而且我也交到不少好朋友。我跟大部分的人都算處得好吧。不過……是啊，大概半年左右吧，都沒有人要跟我說話。」

「半年？那不是直到最近嗎？」

「是啦。可是只有春子學姊不一樣，她從一開始就對我很好。」

「一開始？她不是大妳一年級嗎？」

「對。我一轉學進去，她立刻就找我攀談了。」

「妳們學校本來就像那樣，高低年級會彼此交流嗎？」

「要說有是有……怎麼說才好呢？也有人說我們是不是S，不過不是那樣的。S是高年級女生寵愛低年級女生的意思，對吧？」

「唔……」

確實是這個意思，但敦子拿捏不準美由紀所說的寵愛意味到什麼程度，支吾起來。

S是SISTER的首字母S。

在女學生的世界裡，是源遠流長的暗語，有時不單是指互有好感、情同姊妹，甚至是有肉體關係。

這個詞從敦子學生時代就有了，看來完全扎根了。

她認為S關係成為少女小說的題材，並大受歡迎，也是推波助瀾的主因。

但她不清楚現在這個詞的意義是否和那時候一樣。

「如果是的話，妳是說妳們並不是那樣？」

「因為我長得一點都不可愛啊。」美由紀語氣爽朗地說。

「是嗎？」

「就是啊。因為我愈長愈高了嘛。這一年又長高了，我是個竹竿女。」

「跟身高有關嗎？」敦子疑惑。

「當然有關啊。」美由紀說，「所謂可愛，還是只能用在形容小巧的東西。春子學姊——片倉學姊比我還要嬌小，大概就跟敦子小姐一樣高。」

不過她已經死了，美由紀說。

瞬間，話題被血腥味所籠罩。

「在上一所學校的好朋友被絞殺魔勒死了，快要變成好朋友的女生墜樓死亡，我懷疑的凶手被潰眼魔殺死了，然後這次又是試刀手（註）……」

沒錯。

這起事件被稱為「昭和的試刀手事件」。

我幾乎就跟死神沒兩樣呢，美由紀自嘲地說。

沒有經過統計，因此不知道正確的數據，但身邊發生殺人命案的機率應該很小。應該有不少人由於天災或事故，一口氣失去許多親友，而且悲傷無法量化，因此也不是數字的問題；然而遇上這類不幸奇禍的可能性實在不高，遑論多次遭遇，更是微乎其微吧。

「要說死神，那應該是我哥吧？絕對不是妳。」

才沒有如此活潑的死神。

聽敦子這麼說，美由紀笑了，「春子學姊也這樣說。」

「她說，才沒有像美由紀這麼有活力的死神。死神這麼快活的話，本來要死的人也死不了了。」

「就是說啊。每個人都這麼想——」

等等。

這意思是……

「美由紀同學，妳把之前的事件告訴片倉同學了嗎？」

「她問東問西，所以我告訴她了。」

註：試刀（辻斬り）指日本江戶時代，武士為了試驗身手或刀劍鋒利度，在大街砍殺行人的行為。

總教人難以釋懷。

儘管感覺這整件事有些齟齬不合，敦子卻也未加深思。畢竟沒有什麼奇怪的地方。

而且，光是十六歲的女學生遭人以日本刀砍殺，就夠聳人聽聞了，下手的又是未成年的男友，而且還是連續殺人魔，輿論當然完全沸騰了。雖然沒有發出號外，但事件隔天，所有的報紙頭版都以斗大的標題報導「昭和試刀手落網，砍殺在學女友。」

儘管如此，後來報上僅僅刊出了幾則沒什麼意義的臆測文章。

春子命案是一起情殺，宇野和女友爭吵之後，暴露出過去一直隱藏的殺人魔本性，砍死了春子——

敦子覺得，事件是這麼**詮釋的**。

要這麼說的話，或許就是這麼一回事吧，或許也有這樣的事。是有可能的情節，但敦子就是不滿意。

就算宇野這名青年是個殺人犯。

然後這名殺人犯為了男女感情糾紛而犯下情殺——不，如果是男女爭吵，一時衝動憤而殺人——還是覺得哪裡對不上，但敦子沒有更進一步深思。因為終究也只能做出鄙俗的揣測。

就在前天，大嫂聯絡了敦子。

美由紀原本打算去找哥哥或哥哥的偵探朋友商量，但兩人都不在。聽說哥哥和他的朋友一如往例，在旅途中被捲入了麻煩。那兒似乎正陷入一團亂，但前來請託的不是別人，而是**那起事件**的關係人，而且又與昭和試刀手事件有關，更不能置之不理——結果事情就落到敦子頭上來了。

真麻煩——敦子當下心想。

既然都會感到有些無法釋懷了，表示她對事件本身多少感到興趣。敦子是雜誌記者，熟悉採訪工作。不管是訪談還是現場勘察，都是她的工作。

會覺得麻煩，是因為她聽到前來商量的對象是個十四歲的少女。

敦子不喜歡年輕女孩。

從學生時代就是如此。

比起人情，更看重道理；比起夢想，更看重現實；比起美感，更看重功能。比起少女雜誌，更熱愛科學雜誌；比起幻想，更熱愛推理——以前的敦子是這樣的少女。

因此還是女學生的時候，她也對女生之間軟綿綿的對話、軟綿綿的關係很受不了。

不是厭惡，也不是不認同，只是不喜歡。

敦子覺得自己在相當年幼的時候就丟棄了那類軟綿綿的事物。如果不是丟棄了，就是用某些無趣的東西掩蓋過去了。

所以一碰到展現這類特質的人，她就忍不住要保持距離。女學生一定都是軟綿綿的。

敦子這麼認為。所以她會覺得麻煩，並非針對女學生自身，而是對面對女學生的自己所感覺到的麻煩。

不過。

這只是杞人憂天。

吳美由紀這名少女，比敦子更活潑、更——像敦子。

「她是在害怕什麼呢？」

那麼，這女孩一定不適合喪氣的表情——敦子任意如此斷定。

「她說可怕極了，是指害怕那些試刀事件嗎？確實，案發現場都在妳們學校附近，而且宿舍就在校地裡面吧？近在咫尺，當然也會草木皆兵吧。」

「每個人都很害怕，可是……」

美由紀說完，側起頭來。

「可是，真的是這樣嗎？」

「什麼意思？」

「我不知道她們是不是真心在害怕。每個人有一半都覺得學校外面發生的事，與學校裡面無關……嘴上說著太恐怖了、害怕死了，但其實好像沒什麼真實感。除了假日以外，學生幾乎不會離開宿舍，而且應該也沒什麼人真心認為災禍會臨到自己頭上來。」

「妳是說，其實她們並不害怕？」

「怕應該是怕……但該怎麼說呢？說是害怕，其實事不關己，也不是事不關己嗎？對，她們看到叼著老鼠的貓也會喊可怕，應該就跟那差不多吧。」

原來如此……即使感覺殺人命案很可怕，但也不覺得會危及到自己嗎？

「但片倉同學不一樣，是嗎？」

「對。她是在聊到試刀手事件的時候這樣喃喃自語的，所以應該是在說這件事，不過和其他人害怕的樣子又不太一樣……可是，我覺得也不是在說凶手可怕，或是殺人可怕。」

「那麼，她是在害怕什麼？」

「嗯，我覺得是作祟、詛咒那一類的。」

「作祟？」

敦子一頭霧水。

美由紀並不混亂，本人也說她正努力有條不紊、邏輯分明地敘述。而且這女孩很聰明。因此之所以一頭霧水，是因為這件事原本就難以捉摸吧。就像美由紀自己說的，她的詞彙並不豐富，或是她自身見聞的經歷尚未整理清楚吧。

「可以說得更仔細一點嗎？請別嫌我囉唆。片倉同學對試刀手事件的反應，與其他學生有些不同……我這樣解釋，對嗎？」

「是的。」美由紀答道。

「然後，就妳觀察，她顯然害怕著什麼……是這樣嗎？」

「是的，春子學姊很害怕。」

「但……那並非對身邊發生殘酷的凶殺案而感到恐懼，也不是對殺人行為本身感到恐懼、或是對凶手本身的恐懼……是嗎？」

「嗯。春子學姊和其他女生不一樣，不是會害怕殺人事件的人。聽我說明去年發生的事件時，她的反應也很平淡。不，她反而是問東問西，害我連不必要的細節都說出來了。其他女生光是聽到殺人兩個字，就會摀住耳朵，尖叫說『好可怕，別說了』……」

「也不是在害怕自己可能會成為被害者嗎？」

「這我就不確定了。」

很明確。

知道的事就說知道，不知道的事就說不知道，這名少女會明確辨別，正確傳達。

「那麼，妳說的作祟，是從哪裡冒出來的？」

「是的，春子學姊常說自己**出身不好**。」

「出身不好？」

是指舊時代的身分高低嗎？

或是迷信俗信之類——遭到妖魔鬼怪附身的家族？

「這是指？」

「哦，好像不是指受到歧視那類。不，還是就是？」

美由紀以食指抵住下巴。

「血統、家世這些，也算是歧視嗎？」

「也可以這樣說，但也有並非如此的情形。不管怎麼樣，我認為以出身來界定一個人，在某些情況算是一種歧視。雖然這種觀念依然根深柢固，但我很不以為然。包括人種和性別在內，我認為以無法憑個人的努力改變的屬性做為評價一個人的基準，是落伍的思想。」

「喔……」美由紀微微張口。

「我說了什麼複雜的事嗎？」

「不，我懂。只是覺得敦子小姐果然是令兄的妹妹——啊，不能這樣說呢。」

敦子微笑。

「說兄妹相似，不算是歧視。」

我們兄妹……相似嗎？

「就是說呢。不過，好像是類似這樣的事。也不算類似嗎？就是，片倉家的女人代代注定會被殺死。」

「喔……」

「而且是**被砍死**。」

「被砍死？」

這……

「唔……應該屬於作祟、詛咒那類吧？」美由紀說。

「應該吧。」

也就是說……

「片倉同學不是害怕殺人這種暴力行為，也不是害怕殺人事件這類犯罪現象，或是害怕殺人凶手，而是恐懼著自己的——**女人會被砍死的家系**，是嗎？」

「我這樣覺得。」美由紀回答。

「不是掐死、打死，這次的案子是試刀……我對所謂的試刀是怎麼一回事，不是很清楚，但那不是一般的路煞，因為是用日本刀砍人，所以才會這麼稱呼，是嗎？」

「是。」

日本刀這種時代錯亂的凶器，絕對就是造就出這種時代錯亂的稱呼的原因。

「我想春子學姊就是對於**用日本刀砍殺**的部分起了強烈的反應，不過這完全是我個人的猜想。」

「所以她才會說……害怕極了？」

「她真的被砍死了。」

這確實會令人耿耿於懷。

雖然令人耿耿於懷，但也只能當成巧合了吧？

即使有人擁有自己可能死於日本刀下的強迫觀念，如果沒有遇上拿日本刀砍人的人，那就只是一種妄想。這回只是碰巧……

真的是碰巧嗎？

「對了，妳也見過凶手宇野這個人，對吧？」

「對。可是……他真的是凶手嗎？」

「咦？」

「他是個好人。」

美由紀接著這麼說。

敦子有些驚訝。

宇野憲一是殺害了四個人的殺人魔。不，他還在接受警方偵訊，尚未移送檢調，因此正確的說法應該是——殺人魔嫌犯？

但即使如此，至少他殺死片倉春子一事，應該是千真萬確的事實。對美由紀來說，宇野不是殺害她的手帕交的凶手嗎？

「不好意思，我……不是很明白。不是妳的說明有問題，而是我自己有某些偏見，或者說成見。」

敦子只讀過報上的報導。

但美由紀不同。

這名少女以某個意義來說，是當事人。她從一開始看到的就和敦子不一樣。

「報上說嫌犯是片倉同學的男友，這……是事實嗎？寄宿制的女校對這類事情……不是相當嚴格嗎？」

「我不是很懂戀愛那些事。」美由紀說，「怎麼說，我沒什麼興趣……」

「唔，這我懂。」

敦子拿起彈珠汽水。幾乎完全沒喝。

敦子也是有些排斥那類事情。

「就像敦子小姐說的，我們住宿舍，因此在日常生活中，與外界是隔絕的。也很少會遇到異性，因此男女交往……唔，可是也並非完全沒有。我以前讀的學校在山上，在物理上也和外界隔絕，但還是……」

「嗯……」

敦子聽說有部分學生在賣春。

「連在那麼偏僻的地方都有那種事了……街區的宿舍，防備得更不嚴密。圍牆外有許多人來來去去，校園的人員進出也比山上多了許多。而且假日可以外出，放學後也是，只要申請，就能離校。雖然有門禁，但也有很多女生回去自己家。我想是有邂逅異性的機會的。」

「妳是說，也有不少人和異性交往嗎？」

「這個嘛……」美由紀說著，側了側頭。「這部分有點微妙，但不是完全沒有，中學部應該不多，但高中部的話，好像也有人在校外有心儀的對象，或是男朋友……不過大半時間都在學校裡度過，所以……」

「是學生間的戀愛家家酒嗎？」

當然應該也有弄假成真的情形，但大多只是模仿男女戀愛。不過不分異性同性，應該都是如此。在

「宇野先生在店裡。」

「在店裡？他是客人嗎？」

「不是，一開始我以為他是店員。」

「店員……他幫忙店裡嗎？」

「那算幫忙嗎？……他就坐在那裡看店，看到春子學姊，就說『妳回來了』。」

「妳回來了？」

「春子學姊也說『我回來了』。每次去都是這樣，午飯也一起吃，所以我以為他是定時上下班的店員。雖然也覺得好像不太像，可是愈來愈不好啟齒問清楚。」

「這樣啊……」

感覺和原本預想的構圖大相逕庭。

敦子尋思起來。

自己是對這起事件的哪個部分感到難以釋懷？

敦子從報上資訊組成的案件架構是這樣的：

持日本刀反覆隨機殺人的年輕車床工，在一連串凶行的最後，殺害交往中的少女，遭到警方以現行犯逮捕……

是極為駭人聽聞的事件。

因此在其中代入男女愛恨情仇這種陳腔濫調的動機，才會讓敦子感到格格不入，是嗎？與其如此，倘若說是誤殺之類，或許還更有連貫性。如果說下手之後才發現對方是女友，茫然無主，敦子或許就能接受也是有這種事的。

即使如此，被害者的母親身在現場這個事實也——縱然這是事實——正因為有這個事實——顯得極為突兀。

母親身在女兒的命案現場，這並非絕對不可能的事。因此也沒必要對這一點吹毛求疵。

即使是路煞的犯行，也可能有同行的母女遭到攻擊。

但是——敦子並未詳加調查，因此無法斷定——不過在這之前，昭和試刀手事件的歹徒應該沒有攻擊過結伴的人。

敦子尚無法明確地說出她是根據什麼而如此斷定，但記得讀到的多數報導中，提到警方正在尋找目擊者。也就是說，沒有人目擊凶案現場。如果被害者有伴，那個人應該在最近的距離目擊到犯行，否則也極有可能一同遭到危害。被害者都是隻身一人。從報上看不出被害者有同行者的事實。

但如果被害者的母親**身在**命案現場，毫無疑問，應該是在命案發生前就和被害者**在一起**。報導上的文字不是「趕到現場」，也不是「目擊凶案」。

「對，是這樣沒錯，但她不是害怕殺人案，而是害怕自己受詛咒的血統。啊，這麼說來，她還說過其他的話。」

美由紀抬頭看了一下上方，接著望向敦子說：

「……她說，我可不想遇上刀法這麼差勁的凶手。還說痛個半死卻死不了的話，就太慘了。她說自己注定要被人砍死，所以希望能死在刀法高超的人刀下。」

「唔……」

這話該怎麼解讀才好？

「如果她早就發現宇野先生是凶手，還會說這種話嗎？」美由紀說。

「會……嗎？」

「如果宇野先生是她的男友，更不會這樣說了吧？」

「或許……吧。」

敦子不明白。

美由紀這回盯著彈珠汽水瓶說：

「可是，這一點也很可疑呢。他們兩個真的在交往嗎？不過報上都這麼寫了，應該就是吧。」

這麼說來，連這一點都模糊不清嗎？

「宇野先生是個好人吧？」敦子問。

「嗯。他人很和氣，看起來很老實，感覺忠心耿耿。看上去比實際年齡還要成熟，我看到報上說他十九歲，非常吃驚，因為他看起來有二十四、五了。可是春子學姊說過類似『他那個人實在太年輕』的話，感想和我完全相反，那時候我覺得春子學姊好成熟。還有，對了，春子學姊說他人太好了，很無趣。」

「不是做為男朋友很無趣的意思嗎？」

「聽起來不像這樣。」

應該是難以說明吧。

但敦子認為這種情況，難以說明的直覺往往更直指核心。雖然不能光憑印象來判斷，不過既然會有這樣的印象，即使無法明確地訴諸言語，應該也有予人這種印象的理出。

這要是哥哥，應該就能解釋清楚了。

就如同敦子讀了報紙，總覺得不太對勁，美由紀應該也有了某些異樣的感受。但就像敦子，她也同樣難以將這些感受訴諸話語吧，也因此敦子才會被找出來。

美由紀蹙起眉頭，「但感覺他們感情也不差。」

不過男女之事我就不懂了，她說。

敦子也不懂。

「先撇開他們是否交往，至少我認為春子學姊沒有想過宇野先生是試刀手。如果她發現宇野先生就是凶手，至少不會是那種態度。因為這事太嚴重了。再說，如果宇野先生就是那個試刀手，對春子學姊來說……就是可能會殺死她的人了。」美由紀說。

「她也真的被殺了。」

「是啊，真的被殺了。可是，春子學姊真的很害怕血統的詛咒……所以如果她知道宇野先生是個殺人凶手，而且是用日本刀殺人的凶手，她還會回去宇野先生也在的老家嗎？那不就形同回家去送命嗎？」

敦子這才發現一件事。

之前她都想錯了。

昭和試刀手事件，每一起都發生在她們生活的宿舍附近，片倉春子遇害的地點也不例外。片倉是在學校旁邊的空地遭到殺害的。

但是……

行凶時間當然是夜晚——聽說是十點。

沒錯，是夜晚。雖然就在學校旁邊，但這個時間，應該不容易偷偷溜出宿舍吧？

「那天……是星期六嗎？這麼說來。」

「對。春子學姊幾乎每星期都會回去下谷的家。她經常星期六回家，在家住一晚，星期天再回學校……」

「妳們學校可以外宿嗎？」

「只限回自己家過夜。只要提出申請就行了。一星期前也是這樣。春子學姊也邀我去她家，但如果春子學姊要在家過夜，我就只能一個人回宿舍，所以我拒絕了。雖然我也不是害怕遇上危險。」

「原來她邀過妳。」

「如果宇野先生是殺人魔，春子學姊也知道的話，她還會邀我去有殺人魔的自家嗎？別說邀我了，她還會回家嗎？春子學姊是那麼恐懼著遭人砍死的命運。」

「這……」

不可能吧。

可是……如果片倉在那大得知了事實。

回家以後，目擊到正要出門殺人的宇野，尾隨其後……

並非不可能，但……

「有些奇怪呢。」

「就是說啊。」

美由紀活潑地說，睜大了眼睛。

「很奇怪，太奇怪了。雖然說不出哪裡怪，但就是非常奇怪。」

「那天片倉同學是幾點左右離開宿舍的？」

「那天很晚，應該是晚上六點多的時候才走的。」

「那幾乎是蜻蜓點水，回家一下就折返了呢。」

假設晚上八點前回到家，等於只在家裡待了三十分鐘而已嗎？雖然不清楚這短暫的期間出了什麼事，但等於是片倉春子帶著母親還有宇野，三個人一起特地回到駒澤，而且春子還慘遭宇野殺害。

「非常不自然呢。」敦子說。

「會覺得不自然，是因為以報上寫的經過為前提，把狀況嵌上去，對吧？當然，這中間並沒有太大的差異，而且春子學姊遇害是不爭的事實，可是……到底該怎麼說？啊，真是急死人了！」

我怎麼這麼不會說明？美由紀有些拉大了嗓門。

在店裡打瞌睡的老太婆抬起頭來。

「如果我像敦子小姐的哥哥那樣，一定就能完整地說明這種感覺了。如果能說明清楚的話，我甚至想直接去警局說明。」

敦子以前也有過類似的想法。

「不行的，美由紀同學。」

「什麼東西不行？」

「在這種狀態下，我哥應該連一個字也不會說。」

「是嗎……？」

美由紀嘴巴半張。

呆掉了，這種表情讓她頓時變得很孩子氣。

「妳說要去警局，但去了要做什麼？」

「當然是說明……」

「說明什麼？」

「這……」

「我跟妳都覺得奇怪，卻連覺得哪裡怪都說不上來，所以就算要說明，連要說明什麼才好都不知道啊。」

「可是很不對勁吧？」

「是很不對勁。可是，也不是說宇野先生就不是凶手吧？他好像是以現行犯遭到逮捕，而且也自白了。」

「是這樣沒錯，可是有很多地方對不上吧？」

「只是和報上寫的不一樣而已吧？警方應該正在詳細調查。像宇野先生早就辭掉車床工廠的工作，這些相關事實應該都已經查證完畢了。」

「可是卻沒有報導出來。」

「只是報紙沒登而已吧？因為只是車床工變成前車床工罷了，不值得特地刊出更正啟事。」

「這樣……啊。」

「警方應該也問過學校了，最重要的是，片倉同學的母親就在現場，警方一定詳加訊問過她了。所以警方應該擁有比我們更多的資訊，不是嗎？既然如此，就算妳去找警方，也沒什麼可以說的。」

「說的也是呢。」美由紀說，微抬的臀部又坐了回去，「因為有過之前的事件，所以……我有些慌了。」

敦子覺得這實在無可厚非。

敦子聽說，這位聰明的少女當時非常接近真相了。

但沒有人願意聆聽小丫頭的說詞，結果造成多人死亡。

美由紀認為，如果能把自己的話好好地傳達給大人，或許就能防堵凶行、或許可以挽救朋友一命。

敦子也有過相同的想法。因為是女人、因為是小孩、因為沒有頭銜，說的話便不被當成一回事，這種情況意外地多。

若要推翻這種情況，確實或許只能增加自己的詞彙。

「對不起。」美由紀說，「敦子小姐這麼忙，卻把妳找來這種怪地方。在這樣的大冷天裡……怎麼說，因為又有朋友不幸死去……所以我好像有點太激動了。就像敦子小姐說的，我會發現的事，警方也早就看透了呢。那麼……」

「可是很奇怪。」敦子說。

沒錯，很奇怪。

美由紀怔了一下，朝敦子露出苦惱的眼神。

「雖然不明白哪裡怪，可是很奇怪。」敦子又說。

「就是……弄不明白呢。」

「雖然不明白，但不對勁就是不對勁。聽著，美由紀同學，我剛才也說過，我哥在這種階段，應該會不予置評。我哥只有在資訊全部齊全，推論不再是推論，一切水落石出之後，才願意開口。他就是這種人。」

「喔……」

「我們只是資訊完全不夠而已，所以，只要補齊這些缺口……」

就知道是哪裡奇怪了。

不清楚的地方，就只能調查清楚。不明白的地方，就只能想明白。

只能去調查、去思考。

「我可以問個問題嗎？春子同學還提過妳說的片倉家的詛咒還是作祟的其他事情嗎？」

少女的眼神困惑地游移，接著說：

「啊……對了，她說是鬼的因緣之類的。」

2

「可怕極了……嗎？」

眼睛大如銅鈴的男子說，搔了搔後頸。接著吟詩似地說了聲「這個喔」，擺出一張苦臉來。

「教人不解吶。」

「我也不懂。」敦子應道。

「因為鬼的因緣，注定被殺……這真的莫名其妙。」

「我也這麼覺得。」

「可是啊……」

男子苦著臉歪起頭來。

「警方掌握了這個事實嗎？」敦子問。

「事實？啊，喔，我不能透露案情，還在偵辦當中。」

男子是刑警。

名片上印著「玉川署刑事課搜查一係　賀川太一」。

「我不是在請教偵查狀況，只是想了解我提供的線索是否毫無助益。如果這已是眾所周知的事實，那就是平白浪費您的時間，沒能派上任何用場了。」

「不不不，沒這回事。是我們要求民眾提供線索的。姑娘——抱歉，中禪寺小姐，是嗎？妳不用擔心這一點。再瑣碎的情報我們都非常歡迎——雖然很想這麼說，不過，唔，什麼因緣、鬼的，這實在……」

賀川再次伸手，這次搔了搔後腦。

這裡是玉川署裡的小房間。

當然，敦子是為了蒐集資訊而來訪這處單調的房間的。

但表面上是別的名義。敦子現在是以提供線索的民眾身分坐在這間房間裡。

與美由紀道別後，敦子經過一番深思熟慮，決定前往神田。

是為了聯絡在警視廳刑事部任職的熟人。但也不是想要從警視廳問出情報。而且這起案子屬於玉川署的管轄，警視廳應該沒有這起案子的情報。即使有，也不可能將偵查內情告訴一般民眾。不管是熟人還是朋友，都不可能透露。掌握詳細情報的應該是轄區刑事課，就算拜託，他們也不可能理會。再說，能透露的資訊，應該早就全部公開了。

不過敦子並非想要刺探特別壓下來的機密情報。她想知道的反而是應該會被認為無關緊要的瑣碎細節。

因此敦子盤算能否透過警視廳的熟人，引介玉川署的人談談。感覺像是在利用人，教人有些心虛，但她轉念心想，自己又不是要做什麼壞事。

起初她想到附近派出所借個電話。

可是仔細想想，案子都發生在那處派出所附近，那裡算起來就是現場，派出所警官當然應該也參與了辦案，不能隨便亂說話。萬一才剛著手就遭到警戒，那就血本無歸了。

避開派出所比較聰明。

但是這麼一來，就沒有電話了。

單純借電話的話，哪兒都能借，但應該沒辦法一直待在那裡等對方回電，況且對方也有可能不在。不管怎麼樣，都需要一個能等待對方聯絡的地方。

因此敦子決定前往工作地點。

這實在不是適合進公司的時間，但雜誌編輯部這種地方沒有週末可言，也沒有上下班時間的概念。因此即使是星期六傍晚，仍有不少人在裡面。不，或許比平日還要多。

自從所謂的「森脇筆記」（註）曝光以來，其他部門一直忙得雞飛狗跳。

註：有「金融王」之稱的森脇將光在昭和二十九年（一九五四）公開的筆記，裡面記載了與日本特殊產業社長猪股功之間的利益糾紛，後續引發造船冤獄。

但敦子隸屬的雜誌《稀譚月報》基本上是科學類雜誌，幾乎不會刊登政治經濟報導，與造船冤獄案沒什麼牽扯。

不過除了總編以外，還有幾名編輯在座位上。

敦子剛完成參加第六屆東京都優秀發明展的人造米炊煮器的報導，被分派的下一件工作，要等到下週才能著手。校樣也還沒出來，沒什麼必須急著處理的事，但編輯部向來兵荒馬亂，所以她出現在這裡，似乎也沒引起他人好奇。

敦子假裝採訪，打電話到警視廳，詢問認識的刑警說：

「我在採訪昭和試刀手事件的時候，打聽到沒有報導出來的被害者相關事實，身為市民，該如何處理才好？」

這並不是謊言。

她還補充說不是什麼大不了的內容。那位和敦子一樣秉性認真的刑警，說轄區警署有他的舊識，會替她問問看。

為了等待回電，她必須暫時賴在編輯部才行。

幸好不到一個小時，對方就回電了。

說是不論再小的細節，都希望提供線索。

敦子問了負責人的姓名，請對方轉達她這就過去拜訪。

接著敦子回到等等力，被帶進這處小房間。

賀川刑警個頭矮小，但體格結實，眼睛嘴巴都很大。看上去三十多歲，但皺巴巴的乾燥皮膚質感，與可說突兀的孩子氣髮型，讓人難以看出年齡。

賀川嘴角左右咧開，露出牙齒。

「鬼嗎？又不是節分(註)。而且說會被作祟殺死？就算真的是這樣，我們警方也無能為力。即使真的是作祟好了，實際下手的也是人啊。我們只能逮捕那個人，就算原因是作祟，凶手的罪責也不會因此而變輕，對吧？」

「是的，不過……」敦子說，「不管是作祟也好，因緣也罷……或者說，我好歹也是科學雜誌的編輯，是不相信這種事的。」

「咦？」

賀川看向桌上的名片。

「原來姑娘——抱歉，中禪寺小姐，不是社會記者嗎？」

註：日本的節分特指立春前一天，習俗上會在這天灑豆子招福驅鬼。

「不是的。我們的雜誌基本上不會報導醜聞或社會案件。就算報導，怎麼說呢，報導的方式也不同。」

「妳說……科學嗎？

這起事件哪裡科學嗎？」賀川的額頭擠出皺紋，「啊，是沒什麼關係啦，只是好奇。」

「您會起疑是當然的。我並不是特別在採訪這起案子，該怎麼說，只是在採訪過程中偶然聽到一些事。」

採訪什麼？敦子自己抬槓。

沒有科學報導會去採訪女學生。

她急忙思考藉口，腦袋卻一片空白。如果對方追問，她只得詞窮了。

「原來如此，科學雜誌啊。」

賀川……好像接受了。

刑警拿著敦子的名片，左右端詳。

「我們警方是不處理作祟這些東西，但要不要信，是個人自由，而我個人呢，是覺得雖然不明白，但或許真有其事。不過警方是不管這種事的。」

「我明白。」敦子說，「我並不是要來說作祟詛咒這些事。」

「妳們是科學雜誌嘛，不相信這一套吧？」

「我們並非不相信不科學的事物，只是相信科學思維。」

「那，這事該如何解讀才好？」

——這個人。

對事件有些疑慮。

敦子如此感覺。

她提出來的可是作祟——正確地說，是鬼的因緣——因此一般來說，應該會吃閉門羹，或是被一笑置之。但刑警卻願意姑且聽之，也許偵辦遇上了某些瓶頸。

仔細想想，凶手落網之後，已經過了一星期。嫌犯承認了總共七起的凶案，照理說應該已經以其他罪嫌繼續收押、拘留才對，然而卻沒有看到這樣的報導。難道是打算撐到拘留期限最後一刻，再執行其他罪名的逮捕令嗎？

還是有什麼阻礙？

「至少……」

敦子就像賀川那樣，拿著刑警的名片，對著名片說：

「無關作祟，被害者片倉同學有可能事前就已經察覺自己將會遇害……是這樣吧？」

「事前就已經察覺？」

賀川把敦子的名片放到桌上。

「可是，每個人都在擔心下一個可能是自己吧？路煞可不挑對象，是隨機下手。而且命案就發生在身邊。」

「嗯，原本我也這麼想，不過雖然那所學校的學生確實都很害怕，但好像不覺得下一個可能就是自己。」

敦子並沒有查證這件事，完全是從美由紀那裡聽來的。

「其實……」

敦子決定撒點小謊。

「我不太想透露，但其實敝雜誌從很久以前就在進行對犯罪的意識調查。」

「意識調查？妳們是科學雜誌吧？」

「是的，或許也可以稱為社會心理學，還沒有完全適合的說法，不過，就是發生某些暴力事件時，案發現場附近的居民會如何看待……啊，在現場附近到處詢問多餘的問題，不是值得嘉許的行為呢。」

「是啊。」賀川突出下唇，他的表情很豐富。「有時候案子還在調查，當然不太鼓勵。」

「是的，我們非常了解。因此都會萬分小心，避免對警方辦案造成影響，此外，在採訪中得到的線索可能與案情有關時，我們會請採訪對象通報警方，或是像這次這樣……」

「啊，我了解，這一點我明白。」

賀川雙掌向下，手腕上下搖動，就像在收起什麼。

「那個科學……什麼呢？是叫學術嗎？那不是我的專門，所以我不了解，但我明白妳說的。不過，妳們都問些什麼？」

敦子行了一禮，「謝謝您的理解。」

雖然只是胡扯一通。

「是的。假設說，某處人家發生了命案，那麼該戶人家的鄰居……唔，畢竟鄰人不是被害者就是加害者，總之都是當事人，所以不能說完全事不關己，但也不是自己遭到直接的損害，對吧？這種情況，這些鄰居會作何感想、如何應對呢？那麼，再隔壁一戶又是怎麼樣呢？町內應該會議論紛紛，但對鄰町來說，已經是隔岸觀火了嗎？要距離多遠，認知才會不同？比起物理上的距離，親密的程度影響更大嗎？我們就是在調查這些事。」

「喔。」賀川微微瞇眼，嘴巴微張，「應該覺得滿事不關己的吧？我們警方也會滴水不漏四處問話，很多人都不覺得有什麼。對面人家出了大事，他們的態度卻是是喔，真不得了。跟平日熟不熟好像沒什麼關係。搞不好就算有親戚關係，也一樣無動於衷。啊，這完全是我的感覺而已。」

「是的……」

敦子只是隨口說說，但意外地或許會是很有意思的研究。

「這次發生了極端獵奇的連續犯罪，而現場附近就是女校宿舍。我們在籌劃採訪的階段，完全沒想到那所學校的學生會出現被害者……那裡是女校，我們以為防護會更嚴密一些。」

「那裡感覺還滿自由的。」

「是的，只要申請，就可以外出，如果是回家過夜，也能外宿。雖然有門限，也不是多早。我還以為這樣的話，學生應該會相當害怕。」

「結果不是？」

「嗯。她們是很害怕，不過儘管在自己起居的場所附近有好幾個人被殺，她們卻不認為會輪到自己頭上。不光是學生，連校方都是如此，完全沒有採取禁止學生外出之類的措施。」

敦子向美由紀確定過這一點了。

美由紀說校方只是提醒最近治安不好，叫學生充分小心。

就和注意落石一樣，即使注意，突然掉落的石頭也無從防堵。萬一被砸中，有時也會送命。

「理由很簡單，因為她們沒有理由被殺。」敦子說。

「唔，沒有人是活該被殺吧。」

「對，大部分都是如此呢。認為自己問心無愧，所以絕對不會遭逢厄運。她們也是如此——不，更極端吧。她們覺得校外發生的事就像故事一樣。頂多就是鬼故事。」

「她們正值愛做夢的年紀。」賀川瞇起眼睛，「嗯，應該會這樣想吧。」

「我也覺得她們這樣的反應很普通……但是這些人裡面，只有一個人認為自己有可能被殺，並說她非常害怕，就是片倉同學。」

「可是那個什麼……傳說？因緣？那實在……」

「但是她真的遇害了。幾百名學生當中，唯一一個預測自己可能遇害、為此害怕的學生，真的被殺了。而且還如同她所預言的，是被日本刀砍死的。」

「可是，我剛才也說過，作祟不在警方的管轄範圍內啊。」

「如果不是作祟的話呢？」

賀川瞪大了眼睛，「不是作祟？」

敦子注視著賀川的大眼。

「世上根本沒有什麼作祟吧？」

「沒有……嗎？」

「如果沒有的話……」

「呃，等等，先等一下。」賀川掌心對著敦子，「我好像被姑娘——被中禪寺小姐的話牽著走了，但被害者與加害者認識，而且是男女朋友，所以……」

「刑警的意思是，被害者早就知道加害者是昭和的試刀手？」

「這個……」

「假設被害者早就知情好了，那就是被害者早就預料到凶手的刀子遲早會砍到自己身上，對吧？世上有這種事嗎？聽說動機是感情糾紛，但這樣的話，就是被害者早就知道男友是殺人魔……然後向他提出要分手嗎？還是因為發現他是殺人魔，所以要和他分手？但如果惹怒對方，會非常危險吧？倒不如說，在發現祕密的階段就很危險了吧？如果她想分手，直接報警不就得了嗎？還是她勸男友去自首？」

「請別那樣連珠炮似的一大串。」賀川說。

敦子連忙閉口，這樣子和激動的美由紀沒有兩樣。

「確實，被害者不太可能事前就知道加害者——交往對象是殺人魔。而且加害者根本……」

這時賀川「啊」了一聲，掩住嘴巴。

「根本……不是試刀手？」

「啊，不能說，這絕對不能說。」賀川匆匆說完後，接著又說「這樣說就等於承認了」，渾身虛脫了。

「實在是……啊，請不要寫出來。雜誌社的人都會憑臆測亂寫一通，連報上的報導都會寫錯了。」

「我不是社會記者。」

「那我相信妳。」賀川小聲說，「就是，呃，很可疑啦。唔……我反過來問妳，妳有沒有打聽到什麼？妳到處打聽，對吧？為了那個什麼學術研究。」

「您說可疑……是指什麼？不知道您在懷疑什麼，我也難以辨別哪些資料能派上用場。當然，如果我擁有能為辦案派上用場的資料，一定會毫不保留地提供。這是市民的義務。」

「妳幾歲？」賀川話鋒突然一轉。

「咦？」

「問小姐年紀很沒禮貌嗎？我因為職業關係，向來任何問題都毫不客氣地直來直往，但之前被人說那個什麼……沒神經？被狠狠地罵了一頓。可是又有人跟我說在這種地方分男女是那個什麼？性別歧視？叫我要一視同仁。這話我是覺得沒錯啦……」

「我二十四歲。」

賀川啞然張口。

「我並不覺得這個問題沒禮貌。年齡與個人評價無關。並不是說年輕比較好，或是年長比較了不起，對吧？可是如果發問的人是基於女人愈年輕愈好的私心來提出這個問題，就有可能構成性方面的騷擾。但如果是出於業務需要提問，我認為沒有任何問題。」

「沒有問題嗎？在神經方面也……」

「不，這和有沒有神經無關，而且依這種事來評斷一個人有沒有神經，我認為才是偏見。」

「不，呃，這也不是出於業務需要，可是唔，怎麼說，這類偏見，我自己是……」

「我認為您並沒有這類偏見，所以我回答這個問題。」

賀川收起下巴，用指頭搔了搔額頭。

「我是沒有偏見啦。我自認為沒有。不過我聽到妳是職業婦女，又是雜誌記者，以為年紀還要更大一些……啊，這或許也是偏見，不過我不是那個意思。我自己二十九歲，跟妳差不了多少。妳很能幹。這……怎麼說，是在稱讚。」

敦子苦笑。

賀川似乎是個比外表看上去更容易相處的人。相較之下，自己任意估計他應該三十多歲，讓敦子感到有些羞恥。

「那……」賀川說，「妳跟青木是什麼關係？」

「關係？」

一言難盡。青木就是敦子在警視廳的熟人。若要講求正確，應該是哥哥朋友的同袍以前的部下，但這些細節已經無關緊要了吧。兩人不到朋友那麼親近，所以只能說是熟人。

「啊！我可沒有想歪喔。」賀川慌忙說，「呃，我不是在打聽那方面的事，呃……妳們是在青木辦案的時候認識，妳提供協助這類的……」

「我派上的用場，稱不上協助。記得一開始是……」

是什麼時候？

「武藏野分屍命案那時候，我一樣在進行採訪……為了調查流言的傳播擴散與質變，主要是採訪當地的年輕人。」

這是真的。

不過這次並沒有進行這樣的採訪。

「哦，分屍命案。那真的是很殘忍的事件。不是人幹得出來的。我也間接參與了偵辦，老實說，教人作嘔。喔，說到我怎麼會問這個……」

賀川上身前傾。

「唔，怎麼說好呢？關於這次的連續殺傷事件，有相當數量的線報——一般市民提供的消息。這是很值得感謝的，但坦白說，這些消息反而讓偵辦陷入混亂。」

「混亂？怎麼回事呢？有那麼多民眾提供線索嗎？」

「唔，有是有的，這件事本身值得欣喜，畢竟像肇事逃逸、當街搶劫那些，很多時候毫無線索，束手無策。而這起案子因為報導得相當聳動，所以才有更多民眾踴躍提供線索吧。只是呢，這些線索完全看不出到底有多少可信度。」

「意思是……裡頭也有假消息嗎？」

「不是不是，」賀川用力揮手。「沒有那樣的壞胚子。提供線索的民眾都是一片好心。他們自己也很害怕吧。只是，也有搞錯或看錯的情況，即使不是，有時內容也和案情完全無關。也是有這種情況的，對吧？但也不能直接忽略，必須一則一則逐一查證。畢竟在查證之前，不曉得到底有沒有關係。但這查證步驟不僅費工夫，也困難重重。然後……」

賀川伸出右手指著敦子。

「妳，姑娘——抱歉，中禪寺小姐，重點在於妳能不能信任。不不不……」

賀川左右微微搖頭。

「我不是說妳不能信任，請別誤會了。我跟青木算是同期，畢業後青木被分到豐島，我分到世田谷，後來我們每年也會一起喝個幾次酒。別看青木那樣，他可是個海量。這不是重點，總之我對他相當信任。他去年因為違反服務規章被調走，但很快又被調回本廳了，不是嗎？因為他很認真，就算被流放邊疆，也盡忠職守。他這人就是沒辦法渾水摸魚。青木說妳可以信任，所以我也想相信妳。只是……」

賀川的指頭這回指向了天花板。

「這種說詞，說服不了上頭的。」

「喔……」

「唉，老實說，上頭的人其實已經不想要什麼線索了。因為只會愈搞愈糊塗。他們說嫌犯都自白了，直接起訴就好了。也有些情報和嫌犯的自白矛盾，但如果要確認，就必須進行查核。不過，想要所有的線報都相互印證，毫無矛盾，本來就是不可能的事。」

「因為人的記憶是模糊的。」敦子說。

「很模糊啊，非常模糊。」賀川把臉皺成一團，「我連前天吃了什麼都糊里糊塗。可是站在我的立場，也不想糟蹋人家好意提供的線索。看錯的話就看錯，搞錯的話就搞錯，這都沒關係，但我並不認為那些全都不重要。因為或許有所遺漏啊。所以我個人認為需要一個客觀而且冷靜的第三者的觀點，我個人認為啦。」

其他妳還問到什麼嗎？——賀川以泫然欲泣的表情問，「妳到處採訪很多事，對吧？也問過那些女學生。我們當然也去過學校了，但案情凶殘，學生又正值敏感的年紀，校方說不想隨便驚嚇到她們，警告我們不要單獨詢問學生。不過案發時刻，除了被害者以外，學生好像全部都在宿舍裡，也不可能目擊凶案，所以我們也覺得莫可奈何……呃，是鬼的因緣嗎？告訴妳這件事的，是跟被害者要好的學生，對

原來不是嗎……

「他只是拿著凶器站在現場，所以不算現行犯逮捕，而是緊急逮捕。沒有人目擊到他實際下手。」

「可是被害者的母親……也在現場吧？」

「沒有。」

「咦？」

這也不對嗎？

「這不是什麼祕密，我就告訴妳吧。」賀川露出恐怖的表情，「警方並不是什麼事都要隱瞞。告訴一般民眾，上司應該會生氣，不過，這裡就只有妳跟我。妳是好心提供線索的民眾，又不是涉案人。警方要求民眾無條件協助，自己卻一個字也不透露，實在說不過去。這不是審問或偵訊，也沒有做筆錄，沒曝光就不會有事吧。我相信妳。」

說到這裡，賀川瞪大了眼睛看敦子。

「片倉勢子女士是報案者。她人在現場，但犯罪是在報案期間發生的，她並沒有目睹宇野殺害女兒的現場。」

「報案……」

敦子完全沒有想到這件事，但行凶之後，凶手不可能呆呆地站在原地等警察到場。應該有人報警了。那麼……

「勢子女士她……喏，那裡不是什麼都沒有嗎？空無一物。那處棒球場沒有任何照明，路燈也沒幾盞，四下一片漆黑，才會有路煞出沒。上次的凶案之後，警方增加了巡邏次數。當時巡警騎著自行車在巡邏，看見一名和服婦人臉色大變地跑過來，說女兒死了……」

「不是被殺？」

「是死了，這是巡警的說法。巡警驚慌失措，趕到現場一看……」

凶行已經結束了嗎？

「可是就算是這樣，母親也是告訴警察宇野先生要殺害女兒吧？」

「是……這樣嗎？」賀川語氣猶疑。

「不是嗎？」

「是，又像不是。聽說片倉勢子女士不斷地重複刀、刀。刀、刀，我女兒要死了，我女兒會死掉。她並沒有說是宇野殺人。」

「可是……」

這不管怎麼聽，都是在說宇野要行凶殺人，不是嗎？

刀子不可能自己砍人，事實上刀子就在宇野手上，這不是同樣一回事嗎？

「嗯，趕到現場一看，人已經被一刀砍死了。母親陷入錯亂，完全搞不清楚是什麼狀況。巡警慌忙呼叫急救……喔，他覺得人或許還沒死。如果死了，就應該保存現場，叫鑑識人員，然後緊急逮捕宇野。母親跟著女兒一起去了醫院，宇野兩三下就自己招了。唔，一般來說，事情這樣就結束了。」

賀川拍了拍自己的臉，然後慢慢放鬆下來，看起來像是在拉長臉。

「但沒有結束嗎？」

「母親應該是陷入錯亂了，她說『不對，不是宇野先生』。警方問那是誰，她卻完全不得要領，但警方告訴她宇野已經招了，她好像就接受了。」

「不是……宇野先生？」

難道現場還有別人嗎？

「沒有別人了。」賀川說，「警方也查過腳印了。現場只有女學生的皮鞋、宇野的大靴子，還有母親的夾腳平底拖鞋。剩下的是警官的鞋印，所以當時沒有其他人了。也就是說，嗯，凶手就是宇野。對吧？」

應該是這樣吧。

「那您是哪裡不滿意？」

「我是沒有不滿，只是……」

不是很奇怪嗎？賀川極為**不滿**地說。

就是古怪啊，賀川再強調了一次。

「那對母女和宇野為什麼會跑去那種地方？」

敦子也對這一點感到疑惑，只要稍微一想，每個人應該都會心生疑念。但會這麼感覺，是因為報導中完全沒有解釋這一點。然而應該掌握了某程度相關事證，負責本案的刑警怎麼也會說出這種話？

「為什麼？」敦子問。

「唔，宇野是供稱他和被害者的母親一起送返家的被害者回去學校。春子同學本來預定在家過夜，卻突然說要回宿舍，但已經很晚了，學校附近又出過那些事，很危險，所以兩人便說要送她回去……嗯，到這裡都還好。可是……」

賀川眼睛瞪得更大了。

「那裡確實很危險，但如果宇野就是路煞殺人魔，那宇野本人就是敗壞治安的罪魁禍首，不是嗎？而且怎麼會帶著日本刀一起走？被害者家是刀劍鋪，有日本刀很正常，但一般會隨身帶著日本刀在路上走嗎？不會吧。」

是累積了太多憤懣嗎？不，應該是有太多想說的話，卻無法傾吐吧。

賀川宛如洪水決堤般滔滔不絕起來。

「太奇怪了，妳說，怎麼不奇怪？而且這樣的三個人，帶著那種玩意兒在路上走，再顯眼不過了，會被警察抓起來的。都沒人注意到嗎？」

「他們從下谷……當然是搭電車過去吧？中間也要換車吧？」

「要換車啊。」賀川歌唱似地說，「一路上卻沒有任何人目擊到他們。我覺得和服婦人、拿日本刀的年輕人和女學生的組合，應該相當醒目才對。如果分頭搭車，或許沒什麼特別的，但那樣就沒有護送的意義了。而且帶著日本刀的宇野就算單獨一個人，應該也很惹人注意。」

「會不會是看不出是日本刀？應該裝在袋子或盒子之類的東西裡面吧？」

「這一點也很奇怪！」賀川大聲說。

門上的玻璃窗露出女警訝異探看的臉。賀川似乎沒發現，敦子對著小窗客氣地微笑。

「告訴妳，現場沒有那種東西。」

「沒有容器？我對日本刀不是很熟悉，但日本刀不是都存放在桐盒裡……即使是帶著走，也會像劍道的竹刀那樣，用長袋子之類的東西裝起來吧？」

「日本刀根本不能隨身帶著走。」賀川說。

說的沒錯。

「本來就不行吧？可是，宇野說他是直接帶來的。刀子當然是裝在刀鞘裡，刀身並非直接裸露。可是，我沒聽過這麼離譜的事。現在是幕末時代嗎？槍砲刀劍類持有禁令當中的刀劍類也包括了日本刀，而且明治時代早就發布過禁止佩刀令了吧？現在都已經昭和時代了，沒有人佩刀，要是佩刀在街上走，就會被抓起來。片倉家是做刀劍生意的，提出過登記，運送日本刀應該也是業務的一環。但宇野只是個員工，說他可以帶著刀子在街上走卻沒事，我可無法接受。可是事實上他就把刀帶到現場了，應該真的就像他說的吧。不，是這樣沒錯，可是還是覺得很奇怪。我懷疑他根本沒有帶著刀。」

實在教人頭大——刑警發起牢騷來。

敦子沒空聽牢騷。

「關於這部分，宇野先生怎麼說？」

「喔，他說因為治安不好，說帶刀是護身用。這意思是如果遇到路煞，就要拔刀應戰，對吧？遇到試刀手的話，就要上演真劍廝殺嗎？又不是丹下左膳（註一）還是鞍馬天狗（註二）。倒不如說，路煞不就是他自己嗎？太離譜了。不過被害者的母親也一道，總不可能說我就是路煞，所以……是用這話當藉口把刀子帶出來吧，應該是這樣。」

註一：林不忘所創作的小說劍客角色。

註二：指大佛次郎以幕末為舞台的時代小說角色。主角是神出鬼沒的勤王派劍士，自稱鞍馬天狗。

原來從一開始就帶著日本刀嗎？

縱使真的是情侶爭吵，衝動之下行凶，那表示吵架的時候，凶器已經在手上了嗎？或是在發生爭吵前，兩人的關係便已經破裂了。

不過這都是以兩人在交往為前提。

「也就是說……他從一開始就打算殺害被害者，帶著凶器出門嗎？」

「不是，他說他其實是要去試刀的，並不打算殺害春子同學。也就是送春子同學回學校，順帶隨便找個人下手。這簡直太荒謬了。結果在殺害路人之前，就先把自己的伴給砍了。」

這……確實令人不解。

「他說反正要去平常下手的現場附近，所以回程的時候就順帶砍一下好了。說得可真輕巧。這樣說或許不莊重，但也是有這種事吧。不……」

賀川舉手做出遮擋的動作。

「這太不尋常了，不可能有這種事，絕不該有。不過，我不可能理解路煞在想什麼。我不喜歡刀子，也很討厭刺刀訓練。」

連剃刀都覺得可怕——賀川摩挲下巴說：

「不過，假設他拿刀出來，是基於他說的那種動機好了，就算把春子同學平安送回學校，身邊還有片倉勢子啊。他打算怎麼處置她？說自己還有事，叫她先回去嗎？來到必須帶著刀子護身的危險場所，卻叫婦道人家自己一個人回去嗎？還是說我接下來要做見不得人的事，妳要當做沒看見？」

「確實太勉強了，不過關於這一點，賀川先生以外的人有什麼見解？」

「很簡單啊，他們說宇野應該沒想那麼多。事實上宇野就是當著片倉勢子的面行凶的，或許真的什麼都沒想……不，這怎麼可能？不可能，絕對不可能。如果他是這種腦袋空空的傢伙，應該早就落網了。他可是攻擊了六個人，其中死了三個人呢。」

「關於這一點……那把凶刀和其他的……」

賀川似乎察覺敦子想問什麼，沒等她說完就回答了：

「錯不了，那就是其他路煞事件使用的凶刀。」

這部分賀川斬釘截鐵地斷定。

「根據是什麼？」

「刀上驗出血液。刀刃的部分磨過了，但就算從研磨的狀況判斷，也可以看出最近剛砍過東西。然後那個，握的地方叫什麼？刀柄嗎？那裡不是紮著東西嗎？像布一樣的東西，類似真田編帶的樣式。我是不清楚那叫什麼，總之上面驗出之前的被害者的血跡。那是編織的繩帶，光是擦拭表面也沒用，都滲進去了。驗出來的血跡，和這次的被害者不同。驗出三人份左右，和之前的被害者的血型相符。」

「也就是說，即使撇開宇野先生是不是凶手，那把刀可以確定就是昭和試刀手事件所使用的凶器，是嗎？」

只有刀。

「只有刀是真凶。」賀川說。

「刀子……嗎？」

「刀不是人，所以不能說是真凶，可是喏，被害者的母親不是也是說了？刀、刀……」

刀。

刀，刀。

刀子……殺人。

「所以刀怎樣啦？」賀川說完垂下頭去，「啊，抱歉，我太激動了。我身為司法警察官，對警察這個組織寄予全面信賴，也很尊敬上司前輩，也對身為警察官感到自豪，可是奇怪的地方就是奇怪啊。很奇怪，對吧？」

「是……很奇怪。呃，宇野先生的供詞整體來說會顯得不自然嗎？啊，這才是不能告訴我這種一般民眾的事呢。」

「我可以告訴妳。」賀川挺胸腆肚地說，「宇野坦承不諱，毫不保留。查證他的說詞，也沒有謊言或掩飾。只是證詞如果有什麼矛盾的地方，指出這樣不對吧？他就會立刻修改證詞。我得聲明，警方並沒有誘導他這樣做。怎麼說，警方的偵訊不是給人強迫自白的印象嗎？但我們不會這樣。我們才不做那種非法勾當。倒不如說，他會主動說明。可是怎麼講，我聽起來就覺得他是在考慮警方的方便做陳述。我對上司這麼說，結果挨罵說哪有什麼方便不方便，他講的是事實就好了。說的沒錯。可是就是奇怪啊，太奇怪啦。」

「動機……呃，連續隨機殺傷事件那邊的……」

「供詞嗎？他說什麼一直盯著刀子看，就想要拿來砍人看看。聽聽這是什麼鬼話。要是說路煞就是這樣的，或許是無可反駁啦，可是他是哪個時代的劍術大師嗎？就連說書裡面也沒有這種瘋狂的武士角色。再說，什麼想要砍人看看，哪有這種惡鬼似的人——或許是有吧，但我無法理解。」

——鬼嗎？

「我請教個問題，賀川先生，當然我不會說出去，如果不能透露，不用回答沒關係。就親自訊問的賀川先生的感覺來看，宇野先生……是清白的嗎？」

賀川把嘴巴抿成一字型，接著嘴角垮了下來。

「我不認為他是清白的，殺害片倉春子的應該是宇野。但他是不是路煞事件的凶手，我覺得非常可

是這裡——賀川說，舉起右手，用左手指著自己的腋下一帶。

「這部位也是，如果不是像這樣擺出萬歲的姿勢，很難砍到，會被上臂擋到。所以了，記者可能以為是連手一起砍斷了吧。不過他的傷勢最輕。」

「傷勢很輕嗎？」

挨刀的部位確實有些奇妙。

「那他的手呢？」

「手平安無事。這個人說是公司幹部，也是營建商，以前是鷹架工人，所以是個很健壯的老爺子，膽子也很大。雖然被砍，但剛強地想要抓住歹徒，但歹徒手腳很快，讓他給跑了。因為老爺子以為只是普通的強盜。他好像當下護住皮包，像這樣……」

賀川做出用右手抓東西的動作。

「喏，想要抓住對方，卻抓了個空，歹徒從腋下溜走了。」

「歹徒是蹲著的嗎？」

「對，老爺子也說歹徒應該是蹲著的。不過第一個人的時候，歹徒是迎面跑來，砍人後跑掉，不過這次不一樣，是從暗處忽然冒出來，揮刀一砍，然後溜走。老爺子想要追，但血流如注，所以大聲呼救，路人聽見，約十分鐘後警察就趕來了。傷勢不深，救治得也快，保住了一命。遇到這種倒楣事，實在不能說幸運，但保住一命，真的是不幸中的大幸。」

賀川閉上眼睛說。他真的很善良。

「然後，現場旁邊歹徒原本潛伏的樹叢，確實有人待過的痕跡，可是……」

那樹叢很矮，賀川說：

「第三個是十八歲的工人。這也一樣，報紙說傷在左側腹，但完全是錯誤訊息，實際上是右胸，從比第二個人更上面的位置斜砍下來。這個人被砍之後立刻前屈跌倒，但意識清楚，倒地的途中回頭看到了逃走的歹徒背影。他說歹徒……」

個子嬌小，賀川說。

「個子嬌小？」

「宇野身高六尺。有六尺之高，一點都不算矮小吧。要說矮小，再怎麼高也是我這種體格。我小的時候，綽號就叫小不點川。我實際在第二起案子的現場樹叢裡蹲下來看看，勉強可以藏身。可是，部下裡有個高大的傢伙，他就躲不進去了。就算把頭縮起來，肩膀以上還是會露出來。當然，案發當時一片漆黑，要說無所謂，或許是無所謂，反正都看不見。但躲的人不知道對方看不看得到，敢這樣半吊子地隨便躲嗎？」

不敢，絕對不敢，賀川說。

敦子什麼都沒問，但這名嬌小的刑警似乎打算一吐為快。

「第二名被害者營建商老爺子也是個大塊頭。一開始他躺在醫院，所以沒發現，但站起來一看，熊腰虎背的，我都得抬頭仰望了，因為我是個小不點嘛。然後我就想了，如果我是歹徒，就算不彎身，只要頭一縮，就能從老爺子的腋下鑽出去……」

「也就是說，歹徒**個子很矮**嗎？」

賀川沉默了一下。

是沒有把握嗎？不，即使有把握，也無法斷言嗎？

「然後，」

賀川沒有回答問題，繼續說下去。

「回到前面，第一個被害者烤番薯小販的手。如果我像這樣拿著刀，擦身而過的時候砍下去……」

賀川做出架刀的動作。

「因為是擦身而過的時候砍，所以刀是打橫的，砍到的位置剛好就在手肘這邊。傷口幾乎是水平的，所以應該就是像這樣砍的。不過實際的傷口還要更下面一點，在手肘下面，由此可見，砍人的傢伙比我還要矮吧？我看看……大概就跟姑娘差不多高吧。相當嬌小。我自己雖然是小不點，但比我更矮的男人多得是。所以我一直認為凶嫌一定是個小矮子。」

賀川站了起來。

「看，如果比我還矮，以男人來說，就是小矮子了吧。目擊證詞也是，雖然每個人都各講各的，有的是誤會，也有看錯的，應該也有瞎扯的，不過大概七成左右，都說是個嬌小的男人。說看到一個小矮子拿著刀跑掉……」

之前賀川說市民提供的消息不容忽視，就是指這一點吧。

確實有所矛盾。

「而宇野先生……個子很高？」

「算高吧。戰後的年輕人一下子抽高了。」

賀川自己也還不到三十，敦子覺得他還在年輕人的範圍內。

「像我，如果個子再矮一點，搞不好就在徵兵檢查的時候被歸到丙種了。現在的年輕人應該全都是甲種吧。噯，不會被徵兵，或許才是幸福的。」

賀川清了清喉嚨，再次坐了下來。

「裡面也有些線報說是巨漢。因為試刀手這種怪綽號流傳開來，很多人都認定凶嫌一定就像個窮浪人，警方接到發現歹徒的報案跑去一看，結果卻是東西屋（註一）。」

刑警做出敲鼓的動作。

「是因為名號叫試刀手，歷史味十足吧。也有人以為就像新選組（註二）、天誅組（註三）那樣的，目擊這類人影的人也不少。喔，如果我是歹徒，才不會穿和服行凶哩，那太難跑了。」

敦子想起了哥哥。

哥哥總是一身和服。

「所以了，我說警方因為收到的情報而陷入混亂，就是這個意思。被害者的傷勢和證詞，和嫌犯的條件並不一定吻合。我認為這是個很大的問題，但也有些目擊證詞符合嫌犯的外貌。當然，也收到不少和被害者說法相近的情報。」

「警方的見解是什麼？」

「警方認為身材高矮是主觀問題。說看在高個子眼裡，每個人都是小不點；看起小矮子眼中，每個人都像巨人。或許是這樣啦……」

賀川擺出有些懶散的態度，但很快又恢復嚴肅。

「但我自己雖然是個小不點，也還分得出中等身材和高個兒，也不會覺得走在路上的人每個都是大塊頭。對吧？」

「這一點我認同。」

「就是說吧？逮到嫌犯，也有補強的目擊情報，這樣很好，沒有任何問題。但相對地，也有和這些南轅北轍的目擊說詞。我覺得直接把這些排除似乎不太對。唔，也是有不少把東西屋看錯這類必須排除的情報，沒辦法要求所有的說法能都整合起來。但為了把宇野移送檢調，連被害者的證詞和現場狀況都排除掉，不會過於取巧了嗎？」

「這一點我也同意……但賀川先生自己是什麼看法？」

「我不知道。」

註一：東西屋是穿扮華麗，演奏三味線、太鼓等樂器，沿街遊行，替商家做宣傳的廣告人員。

註二：新選組是幕末時期組織的佐幕浪士隊。以近藤勇、土方歲三為中心，維持京都治安，對抗尊王攘夷派。

註三：即尊王攘夷派的武裝集團。

賀川聲音微弱地說完，萎靡下去。

「我實在不知道啊。但我身為公僕，無法原諒這一連串命案的凶手。假設——只是假設喔，有那麼一絲宇野不是真凶的可能性，不把這些疑慮徹底釐清，我就無法安心。一想到萬一抓錯人的話……」

「擔心會造成冤獄？」

「不，負責審判的是法院。檢察單位也是會做事的。這是由人來審判一個人，過程很謹慎的。即使我們弄錯了，檢調和法院還是有機會訂正過來。不過，也不是說第一線的我們就可以隨便弄錯。我們警方的偵辦絕對不能潦草。聽著，撇開抓錯人、冤獄那些問題，萬一真凶另有其人，那傢伙現在仍然逍遙法外啊。我擔心的就是這一點。」

賀川說，嘴唇抿到都擠出皺紋來了。

「第四個以後的被害者全都喪命了呢，知道嗎？這不是強盜或傷害，而是隨、隨機連續殺人事件啊！」

賀川面龐顫抖，就像要平息激動，接著轉換心情似地接下去說：

「失態了。然後，第四個被害者是女的，那叫袈裟斬嗎？被一刀砍死了。被害者是在戰爭失去丈夫的四十歲寡婦，帶著兩個孩子，做家庭手工過日子。她把貼好的袋子送去交貨，在回程遇劫。遺憾的是，當時幾乎沒有人路過，所以發現得太晚，送醫的時候還有呼吸，但沒多久就因為出血過多斷氣了。兩個孩子趴在遺體上大哭的模樣實在太可憐了，我好不容易才忍住沒讓眼淚掉下來。那真的是惡鬼的行徑。」

賀川似乎有些紅了眼眶。

「第五個被害者是二十歲的縫紉女工，回家參加法事，回去裁縫工廠宿舍的路上慘遭殺害。」

「她是……一個人嗎？」

「一個人。不過當時巡夜的就在附近，聽到慘叫聲跑過去一看，嚇得腿都軟了，大喊試刀手！試刀手出現了！現在到底是什麼年代啊？報紙怎麼不取個像樣點的稱呼？……總之，巡警也立刻趕到現場，但已經遲了。」

人在送醫的路上就斷氣了——賀川遺憾地說。

「被害者之間有沒有關係？」

「沒有沒有。」賀川揮揮手，「警方徹底調查過了，找不到任何關係或共通點。第六個被害者是附近澡堂燒水的，六十二歲。澡堂打烊後，他去喝了一杯，好像正在散步醒酒。一樣是袈裟斬，連肋骨都砍斷了，似乎是當場斃命。這邊是直到早上才發現屍體。喏，妳有什麼看法？」

「愈砍愈順手了。」

「哈！」

賀川瞪大眼睛，有點像爬蟲類。

「原來如此，我倒是沒想到……」

「一開始是衝上前來，助跑砍人……所以一定就像賀川先生剛才示範的動作吧。但人是有手的，所以砍到了手，沒砍到身體。所以下一次先躲起來，跳到身前砍。但傷口的角度依然很淺，所以和對象的距離應該還是太遠。就像斜斜地掃過去一樣吧，這樣砍不到多少。」

「像這樣，是吧？」賀川做出砍人的動作。

「對。第三人從更上面一點往下砍。應該是想到可以利用刀子本身的重量，不過距離應該還是不夠近，沒能造成致命傷。」

「確實如此呢。」

「到了第四人，總算像這樣，踩進適當的距離內，舉刀揮砍，摸索出這樣的形式。」

「原來如此，妳說的是。」

賀川交抱起手臂。

「我原本猜想這是在掂量被害者的身高。第一個隨便挑中的烤番薯小販被砍傷了手腕，所以歹徒猜想如果再高上一些，對方舉手的時候就可以砍到側腹部。可是如果不是擦身而過的時候砍，就沒有意義了。只是淺淺地砍傷胸部和腹部不夠，於是歹徒想到如果從上往下砍的話，對象矮一點比較好，所以接下來挑了矮一點的人攻擊，但還是不成，所以又挑了更矮的下手。兩個女人和燒水的老頭子都很嬌小。老頭子如果挺直身子應該也不算矮，但他彎腰駝背的，挺不直。個頭比我還要矮。」

「這應該也是考量之一吧。」敦子說，「不管怎麼樣，歹徒都在不停試刀。反覆實驗、學習，精益求精。也就是說……」

「是個門外漢。」賀川說，「唔，這年頭幾乎沒有人會拿日本刀砍人，從這個意義來說，每個人都是門外漢吧。刺刀這東西也只是拿來刺人，不管是軍刀還是官員的佩劍，幾乎都只是裝飾品。我們以前也被逼著學劍道，但也只是揮揮竹刀而已。不過新年期間，師範會砍些什麼表演給我們看。一刀兩斷這樣。因此如果是練過劍術的人，不可能砍得這麼蹩腳。凶手是沒有碰過刀的人。」

「那宇野先生呢？」

「宇野……熟悉刀劍。」

「是指透過片倉同學家裡開的店嗎？」

「對，他在片倉刀劍鋪好像也做了一年左右的學徒。也不是領固定薪水，唔，可以說是類似食客的身分吧。他好像不覺得自己是在那裡上班。片倉家只有女人，就像是保鏢吧。那樣的話，這保鏢未免太可怕了……問題是這之前。」

「報上說他以前是車床工。」

「對，他是車床工，但也不是正式員工，類似見習生。問他在哪裡工作時，宇野想了一下，說了那家工廠的名字，但簡而言之，他有正式工作，或是有固定上下班的地方，就只有那裡而已。宇野是日本刀磨刀師的弟子。」

「磨刀師？」

「對。宇野是戰爭孤兒，原本過著像流浪兒童的生活，被磨刀師收留，十二歲的時候拜師入門，修行了五年，直到十七歲，在十七歲時被逐出師門。被逐出師門的理由不清楚，好像也不是因為素行不良。證據就是，雖然他被逐出師門，卻也沒地方可去，就繼續住在師傅家裡，後來師傅的熟人介紹工廠工作，後來他就從師傅家去工廠上班。」

「明明……都被逐出師門了？」

「對。如果是素行不良，應該會把他趕出去吧。都十七歲了，要去哪裡工作都成。磨刀師都把他拉拔到這麼大了，沒義務再繼續照顧他。卻也沒把他趕出去，這個嘛，應該是本事太差勁，沒有成才的指望吧，這一點不清楚。不過如果是品性有問題的話，一般都會在逐出師門的時候一起趕出去吧。」

「他們沒有血緣關係吧？」

「是完全無關的人。所以我猜想，宇野這個人怎麼說，雖然耿直老實，但笨拙不得要領吧。他雖然進了工廠，但也不擅長操作機器，工作也遲遲學不會，都待了很久了，卻一點都派不上用場。車床這工作對手腳不靈活的人來說非常危險，所以就漸行漸遠了，愈來愈少去了吧。因為還沒有正式雇用，所以宇野本人也沒有被開除的感覺。」

美由紀說可能沒有正式辭職，看來正確地說，是沒有被正式雇用。

「片倉同學家聽說是那名磨刀師的客戶。說客戶好像也有點語病，怎麼說，兩邊有生意往來。因為是刀劍鋪和磨刀師，所以彼此也認識吧。好像是片倉勢子主動對宇野說，如果你沒事的話，就來店裡幫忙這樣。」

即使和劍術無關，際遇也和日本刀緣分不淺。

「然後宇野趁這個機會，離開磨刀師的家，在下谷租了公寓，開始獨立生活。但他好像幾乎都待在刀劍鋪裡。總之就是這樣，雖然他做事不得要領，人也笨拙，但應該很熟悉刀劍類……」

「就算熟悉刀劍，和劍術也是兩回事吧？就像製作樂器的師傅雖然熟悉樂器，卻不一定就是演奏高手。再說，即使精通劍道，砍練習用的靶子和真人，應該也完全不同。所以這實在……」

研磨。

磨刀。

「怎麼了？」賀川問。

——對了。

「刀子如果拿來砍人什麼的，就會損傷，對吧？」

「對……應該吧。電影什麼的都一個接著一個砍，但其實沒辦法砍那麼多個。刀子會缺損，像刺刀，一下子就會折彎了。就算是高級日本刀，是啊，現實上頂多只能砍個兩、三人吧。」

「應該就是這樣，不過砍人之後如果不維修……就會嚴重缺損吧？」

「喔，可是片倉家是刀劍鋪啊。維修刀劍是他們的看家本領吧？會用那種看起來像掏耳棒絨球的東西輕彈刀身。」

「不是的。」敦子說，「凶器不是**磨過**嗎？您剛才這樣說，對吧？凶案在四個月之間，發生過六起。這段期間如果什麼都不做，刀子就會鈍掉。而且我也聽說過人體的油脂會腐蝕鋼鐵。如果凶手刀法笨拙，刀子應該也會缺損。刀子一定打磨過。那……到底是誰磨的？宇野先生嗎？」

「啊……」

賀川張大了嘴巴。

「呃，是誰呢？就算宇野有磨刀的技術，也需要工具。需要磨刀石那些呢。應該沒辦法用一般家庭磨菜刀的磨刀石。刀劍鋪有那種工具嗎？感覺好像會有。不，片倉刀劍鋪都把刀送去給人磨，所以沒有嗎？不不不，可是宇野都被逐出師門了，他的磨刀技術應該很差勁……咦？」

「如果送去給人磨刀，磨刀師應該看得出那刀子砍過什麼吧？這表示磨刀師一直保密不說，對吧？更進一步說，委託磨刀師的人就是凶手，或是認識凶手的人……不會是這樣嗎？」

「那樣的話……」

「凶手果然是宇野嗎？」賀川抱住了頭，「不，就是宇野。可是……不，那個磨刀師……」

賀川打開記事本。

「大垣喜一郎嗎？那個老爺子……包庇宇野，替他保密嗎？是這樣嗎？」

「大垣喜一郎就是那位磨刀師嗎？他住在哪裡？」

「這附近。我們只是去查證宇野的證詞，沒有詳細多談……是啊，那刀子研磨過嘛。原來如此，就是嘛。」

賀川翻頁。

「不，一切都符合宇野的供詞，而且他也已經自白了……可是……」

手停住了。

「鬼刀。」

「什麼？」敦子反問。

「渴望人血的鬼刀……鬼嗎……」

賀川說完，就此沉默。

3

「實在是……可怕極了。」

美由紀這麼說。

這裡是兒童屋的店門口。

時間已是午後，店頭的老太婆卻一邊啜茶，還在啃飯糰。或許那不是餉午，而是茶點。無尾巷裡，三個小孩正用小樹枝在地上畫圖。空地有兩個戴學生帽的孩子在玩竹馬。

這是星期一的下午。玩竹馬的是小學一年級生嗎？美由紀說考試已經結束，學校因為要準備迎接新生，今天只上半天課。

木桌上擺著兩只厚玻璃杯，盛滿了色彩刺眼的黃色液體。

裡面裝的是名為蜜柑水的飲料，但原料當然不是蜜柑，而是以來路不明的藥品染成黃色的液體。是剛才老太婆停下吃飯糰的手，從大瓶子裡用長柄杓撈出來的。一合（註）五圓。

這玩意兒從很久以前就有了，但敦子從來沒喝過。不是基於一般所說的不衛生、不健康、成分不明

註：合為日本傳統容量單位，一合為一八〇．四毫升。

等理由而不喝，而是因為敦子兒時在京都成長。當然，京都應該也有這種飲料，但不幸的是，敦子身邊沒什麼這類店鋪。只是這樣而已。美由紀好像常喝。

而且美由紀還啃著醋魷魚串。用這副模樣說可怕，也毫無迫切感。

敦子就缺少這樣的天真無邪。

——比較。

淨是在比較。敦子這麼感覺。

與自己相似、相異之處。每次見到美由紀，敦子便無意識地尋找她和自己的異同之處。她不明白為什麼。

「妳看起來不怎麼害怕。」

敦子說，美由紀嘴裡含著魷魚，露出意外的表情。

「不，我是真心的。」

說真心也很怪——美由紀說，喝了一口蜜柑水。

「那組合不奇怪嗎？」

「或許有點怪，但味道我都很熟了，沒關係。」

「妳說的沒關係，不是指這組合對味，或是好吃吧？」

「好吃喔……應該說，嗯，我可以接受而已。」

「妳可以接受喔？」

請別管這醋魷魚了——美由紀說。

「這糟糕的酸味和淡淡的海味，讓我想起故鄉。我爺爺是漁夫。不過應該沒捕過魷魚……還是有？」

「倒是……」

有什麼新發現嗎？

昨天美由紀拜訪了片倉刀劍鋪。

店面關著，沒見到被害者的母親，但和認得她的附近鄰居聊了一下。

「有的。住隔壁的老奶奶，姓保田，她經常打掃玄關，我和春子學姊一起回家時，碰見過幾次，也會打招呼，所以她記得我。」

保田奶奶看到美由紀，「啊」了一聲，立刻熱淚盈眶。

「春子學姊的事似乎讓保田奶奶非常震驚。案發以後，她好像一直很擔心，但說都沒有人回來。」

「母親……也沒有回去？」

「好像回去過一次，但保田奶奶說她實在不知道該說什麼才好，磨磨蹭蹭的，結果學姊的母親立刻又出門了。人看上去相當憔悴，彷彿隨時都會倒下，所以讓她很擔心。」

「應該是吧……」

自家店裡的員工殺死親女兒，如果還能表現如常，那才叫反常。

不過片倉勢子是去哪裡了？雖然是被害者的母親，但一定是重要證人。警方知道她的所在之處嗎？

「所以保田奶奶請我進家裡坐，告訴我許多事。保田奶奶一個人獨居。她從出生就住在下谷了，所以已經住了八十五年了。」

「她……年紀這麼大？」

「就是啊。可是人還很健朗。她說在東京大空襲的時候失去兒子和兒媳，孫子則是戰死了，所以她現在孑然一身。戰前她是教長唄（註）的師傅，本來好像是藝者。」

「是花柳界出身呢。」

「那叫花柳界嗎？我孤陋寡聞，都不知道。然後她說以前住隔壁的片倉奶奶——春子學姊的姑婆，以前也是藝者。」

「姑婆的話，是祖父的姊妹嗎？」

「是的，是學姊祖父的妹妹，片倉柳子。以前是日本橋的藝者，年輕時候好像很美。對了，敦子小姐知道淺草十二樓嗎？」

「知道是知道……」

當然沒有看過。

敦子出生前就已經倒塌了。

聽敦子這麼說，美由紀說「這樣啊」，露出覺得不可思議的表情。

「因為，美由紀同學，淺草十二樓——凌雲閣，在大正時期的大地震時就倒塌了。那已經是三十年前以上的事了，當時我還沒出生呢。」

「我連有十二樓這東西都不知道。」美由紀說著縮了縮脖子，「那是什麼樣的建築，我完全無法想像，不過聽說很受歡迎呢。那麼高的建築物，就連現代都難得一見。真想上去看看。不知道能看到什麼呢。」

當時……看得到什麼呢？

凌雲閣完工於明治二十三年，在當時是日本最高的展望塔。在明治中期打造出十二樓建築物，光是這件事就夠讓人驚奇了，它甚至還配備有電動升降機，應該是集明治時期最尖端的建築技術於一身，令人嘆為觀止的展望樓。

註：日本傳統三味線伴奏歌曲。

但電梯只能升至八樓，再往上便經常故障，幾乎沒在使用的樣子。設計的外國建築師似乎沒考慮到要設置升降機，所以升降機是後來添加上去的，是急就章的設備。

但包括避雷針在內，距離地面兩百尺高度的眺望景觀，似乎還是深深地吸引了人們。據說從展望室能夠瞭望關八州（註）的山景，所以應該能將整個東京市一覽無遺。確實，從當時的繪畫和照片來看，凌雲閣的周圍什麼都沒有。不，當然有建築物，但幾乎都是貼地而建，凌雲閣看起來就像插在平地上的一把劍。

敦子認為，實際上應該沒有想像中的那麼高。

能看到遠方群山，最主要的原因是視野良好吧。不是因為凌雲閣夠高，只是周圍的人造物太矮了。雖說有兩百尺高，但打橫來看，根本不算多長的距離。雖然敦子也認為竣工當時應該讓人耳目一新。都是六十年前以上的事了，當然很新奇吧。

凌雲閣做為東京新名勝，盛極一時。但據說到了明治末期，訪客數量開始減少，地面的風氣亦隨之敗壞。凌雲閣底下的餐飲街淪為私娼窟，甚至出現「十二樓下的女人」一詞，暗指妓女。儘管似乎依然是觀光名勝，但聚集的人的變質了，量也少了。就彷彿被淺草這塊土地所具有的某種猥瑣的力量所侵蝕，凌雲閣儘管身為觀光名勝，卻開始染上某種如遺跡般的異樣氛圍。

淺草一帶的娛樂中心轉往淺草歌劇院，也是推波助瀾的主因吧。

凌雲閣重新設置升降機等，意圖重拾風華，成果卻不盡如人意，後來開始利用其高聳的身軀，貼上巨幅壁面廣告，甚至裝上沒品的燈飾。

明治結束以後，竣工後歷經三十年以上的近代化象徵，似乎正逐漸淪為冒出地面的無用長物。

然後，大正大地震侵襲了東京。無用的高塔崩塌了。然而……

凌雲閣卻未夷為平地。

十樓以上的木造部分倒塌，也發生火災，但磚造的高塔本體並沒有燒起來，八樓以上坍了，但其下的部分仍死纏爛打地保留了下來。

地震發生時，塔裡的客人只有十二名。除了一人以外，其餘十一人都喪生了。

這是一場死傷人數超過十萬人的大災難。如果凌雲閣一帶仍如同往昔那樣熱鬧滾滾，受害人數一定極為可觀。敦子不知道死者十一名這個數字該如何解讀才好。

幾乎整個東京都遭到毀滅性的摧毀，陷入一片火海。

在瓦礫和灰燼的荒野中，凌雲閣的殘骸仍屹立不搖。

就宛如鬼頭上的角。

註：關八州為江戶時代關東八國的稱呼，相當於現今的關東地方。

東京市將凌雲閣認定為危樓，派遣工兵隊，將其炸毀。

但據說即使如此，凌雲閣仍化成缺損的尖爪一般，杵在地面。

第二次的爆破，終於將象徵明治時期東京的高塔徹底破壞了。因此正確地說，凌雲閣並非在地震中倒塔，而是人工摧毀的。

敦子是透過採訪知道這些事的。

以前她寫過一篇升降機在日本的進化和普及的報導。

不管是後來才裝上去的還是怎麼樣，無論如何，日本第一部電動升降機就是設置在凌雲閣。她當然必須調查一番。

但敦子卻沒法像美由紀那樣單純接受凌雲閣。

對敦子而言，凌雲閣就像是佇立在前近代與近代狹縫間的空中樓閣。這座從舊時代伸向新時代的異形之塔，從新時代看過去，只不過是從虛空中伸出來插入地面的舊時代的楔子吧。

留在紀錄中的凌雲閣，對敦子來說絕對不是個歡樂的場所。它從一開始就是個廢墟。就她的印象，凌雲閣就像是中世紀的羅城門（註），或是沒有城主的廢城。當然，在最上層築巢而居的，不會是人。

它俯視著下界。不……從磚瓦間的小窗、從展望室的望遠鏡窺看著下界，就宛如觀看街頭的窺鏡連環畫一樣。

那虛無之塔的主人是虛無。

遭到新舊兩個時代排斥的淺草十二樓，充滿了虛無。

據哥哥說，鬼就是**空無**。

不是不存在，而是呈現**空無**這樣的形態。

那麼，虛無就是鬼。

敦子認為，所謂娛樂設施這些裝置，普遍都帶有一絲陰暗的成分。因為這個國家的文化不知從何時開始，就讓遊樂這樣的行為肩負起悖德的部分。

但敦子覺得凌雲閣所懷抱的黑暗比這更要深。她強烈地感覺不必要地高聳，但其實又不怎麼高聳的塔中，密封著被近代和前近代排斥出去的無用之物。

凌雲閣是聳立在明治大正這動盪而蒙昧的時代的亡靈之塔。

對敦子來說，那或許甚至已經不是建築物了。

凌雲閣是刺入焦土中的鬼爪，或是鬼角，是這類東西。它的存在本身根本不屬於這個世界。

它已經不存在了，所以這或許是當然的——但就算它依然存在，敦子也不會像美由紀那樣想要登上

註：亦名羅生門。為日本古代平城京和平安京的正門。

去一看究竟。

美由紀說這麼高的建築物難得一見，可是同樣高度的建築物，現在隨處都是。建築物的高層化，往後應該會繼續加速。人將可以登上更高、高到不可想像之處。

那麼，那也無妨。

她並不想爬上不存在的鬼的居處。

——不知道能看到什麼……是嗎？

「好像就是可以看到附近的東西。」敦子應道。

「附近的東西？」

「嗯。應該看不到什麼特別的景物吧。遠處的山脈，只要爬到視野不錯的高台，本來就可以看到。現在也是，可以看到這麼多變得高聳的建築物，不是嗎？富士山的話，就算在平地，有些地方也看得到。有些土地，就連隨便一處坡地，標高都比十二樓的最高樓還要高，所以看得到的遠景都一樣吧？大地震之前的話，木造平房應該比現在更多……」

「那樣的話，視野應該很好呢。」美由紀說。

「是這樣沒錯，但也就是只能看見一堆屋頂吧。不管往哪裡看，全是櫛比鱗次的屋頂。再遠一些的遠景也沒什麼不同。所以應該也不是能看見什麼驚人的景象。至於近景，唔，用肉眼也能看得滿清楚的吧。」

「這樣嗎？人不會變得像豆子一樣小嗎？而且是三百六十度全景呢。」

「我不知道在妳的想像中是怎麼樣，但實在不可能是多壯麗的奇景。確實，可以三百六十度看到遠景的地點，現在也幾乎找不到，但人的眼睛也只能看到正面。除非自己移動，否則不可能同時看到三百六十度。所謂的全景，大多時候簡而言之，就只是指兩側更寬一些而已。然後爬上凌雲閣的人，也不是能得到多寬闊的視野，大部分好像都是透過望遠鏡觀看。」

「那是為了看得更遠吧？」

應該……不是。

「遠方只有山和屋頂，就算透過望遠鏡觀看，也沒什麼不同。所以展望室的遊客……是在窺看。不是欣賞遼闊的景色，而是從比平時更狹窄的小洞裡，窺看四下。肉眼就能看得差不多了，所以如果透過望遠鏡觀看，那要是認識的人，就可以辨認出來吧？」

「啊。」美由紀望向半空中，「說的也是呢。」

「所以我想就算爬上十二樓，上樓的人說穿了也只是在看隨時都能看到的景物。」

「即使從那麼高的地方看也是嗎？」

「就是因為高吧。就算是一樣的東西，換個角度來看，就覺得新鮮吧。不過那簡而言之，就只是視點移到高處罷了呢。可以從斜上方俯視平時在平地普通地看到的東西……只是這樣而已。」

「就是說呢。」美由紀有些興味索然地說。

只是換個角度，

去看平時看到的東西。

「對不起。我這人真是一點夢想也沒有。我從妳這個年紀的時候，就一直是這副德行。連自己都覺得厭惡。」

雖然哥哥教訓說，做夢要等到睡著的時候再做。

「我也一樣。」美由紀笑道，「我有目標，但不會做夢。只是我沒有上去過三樓……還是四樓？沒有上去過比這更高的高度，所以無法想像十二樓有多高而已。冷靜想想，一定就像敦子小姐說的那樣吧。」

「看吧，妳一點都不害怕嘛。」

敦子說，喝了口蜜柑水。

說不上好喝，但也不難喝。

「不，我很怕的。」

「不過，這跟凌雲閣有什麼關係？」

「對了。呃，那叫什麼去了？像美女排行的，還是人氣投票？把美女……」

這個敦子也在採訪時聽過。

「是『東京百大美女』嗎？」

「對，就是那個。」美由紀揮舞魷魚串，「那個好像很厲害呢。把全東京的美女照片一字排開，讓大家投票屬意的美女。可是唔，我是覺得像那樣評論美醜排高下，有點不好。」

「有點下作。」敦子說，「我認為這種選美活動，不用多久就會引發爭議了。」

美由紀「啊……」了一聲，露出困窘的表情。

「就是說呢。就像魚市場競標，還是某種品評會。不過那景象本身，不覺得很壯觀嗎？一百名美女的照片一字排開呢，這才是難以想像。」

被張貼在虛無之塔內側的女人……

「那好像是一種苦肉計。」

敦子怎麼樣都無法說出肯定的言詞。

「怎麼說？」美由紀上身前傾問。

「升降機不是故障不能用了嗎？可是塔有十二樓呢。要一路爬樓梯走上十二層樓高呢，這不是件快樂的事吧？到七樓好像都有外國的舶來品商店什麼的，也有休息處，但最大的賣點還是頂樓的瞭望景觀吧？特地來到淺草，付錢進入凌雲閣，卻只爬到一半，未免太說不過去，所以還是會咬牙爬完吧。」

爬上那陰暗的的螺旋梯。

宛如在蝸牛殼內前進。

「好像有窗戶，所以看得見塔外的景色，但也沒什麼好玩的，基本上就只是在塔裡不停往上爬。冬天陽光照不進來，陰陰冷冷，夏天一定就像個大悶鍋。就是要爬上這樣的地方。就算爬爬停停，對老人家來說一定相當吃力，美由紀同學還年輕，或許不是問題，但是像我，比五樓再高的地方就不想爬了。」

「就算年輕，我也不想爬啊」。

這樣看來，電動升降機一定是相當大的噱頭。

「所以為了把遊客引誘到最頂樓，想到可以在樓梯的牆面貼滿照片。就是讓人一張張品評，不知不覺被引到展望室……」

敦子記得這場活動，是在明治二十四年，凌雲閣竣工隔年舉行。

電動升降機故障連連，結果好幾個月都沒有使用，就此廢止了。

美女照的攝影師是東京攝影師公會初代會長小川一真。敦子也調查了小川的事跡。

小川曾在內務省的邀請下，拍攝了日全食的日冕。哲學家九鬼周造的父親、當時任職圖書寮長官的九鬼隆一男爵進行古美術文化財的調查時，亦請他擔任照片攝影。此外，他也是唯一一位得到表揚、成為帝室技藝員的攝影師。

這次的百名美女攝影，在他的經歷之中，應該也屬於相當特異的一次。

小川一真說攝影條件不同，拍出來效果不同，會造成不公平，因此在攝影棚搭建了一間和室，讓所有的模特兒都在相同的條件下拍照。

「那是美女的照片，所以這個企畫的目標應該是男性遊客，但當時照片本身並不普遍，而且是裱框長三尺的大型上色照片，因此似乎相當新奇。婦女好像也不感到排斥，小孩子也覺得稀罕，看得很開心……」

據說照片展示了兩個月，獲得三萬數千人次投票。前五名得到了昂貴的獎品。

由於大受好評，凌雲閣後來亦頻繁舉辦類似的活動。東京百大美女應該也舉辦了幾次。

不過，並非每一次都能有新的美女登場，結果辦個幾次以後，遊客似乎也膩了。

「但是第一次似乎博得相當的好評。」敦子說，「應該是食髓知味吧，忘了是第幾次，從第一名到第五名的美女好像得到了鑽石項鍊和最高級的和服腰帶……應該不可能每次獎品都這麼豪華，不過剛開始的時候，手筆應該相當闊綽吧。但模特兒就是那幾個，舉辦次數一多，都是同樣幾個老面孔，如此一來……就沒有新鮮感了。」

「漂亮的人是有，但居然有一兩百個那麼多啊。東京真是個厲害的地方。可是，那些美女是怎麼找來的呢？睜大眼睛在整個東京到處物色嗎？」

「不是的。第一場東京百大美女的照片，全是東京的……藝者。」

美由紀張大嘴巴。

「全是藝者……嗎？」

「對。當時的一般民眾對於把自己的照片公開給大眾，應該覺得很抗拒吧，尤其是婦女。但是對於底下有藝者的置屋（註一）來說，是很好的宣傳，所以這種企畫才能成真吧？居中斡旋，和藝妓磋商的好像也是花柳界女子。因此……」

「原來是這樣。」

美由紀把木籤子擱到木桌上，拍了一下手說：

「不是，我總算恍然大悟了。就是啊，保田奶奶她……就是百大美女之一喔。」

「咦？」

「我看到照片了。」美由紀說，「不是上色照片，也不是多大張的照片，她說是辭去藝者工作時，置屋送給她的。保田奶奶懷裡抱著三味線，站在敞開的和室紙門前，旁邊吊了盞提燈，神情專注。啊，當然不是老婆婆樣貌，而是年輕的時候。說是六十多年前。」

「六十三年前。」

「那，就是才二十一、二歲的時候呢。」

比敦子還要年輕。

「我想一下，花名好像是日本橋的多津惠。奶奶名叫保田達枝（註二）。唔，美是美啦，不過說句沒大沒小的話，也不是什麼令人驚艷的美女。」

「這話真的有點沒大沒小喔。」

「她自己也這樣說嘛，還說想不透自己怎麼會入選。」

美由紀從放在地上的書包取出一樣用手帕包起來的東西。

「我向她借來了。妳看。」

放到木桌上打開來。

手帕裡是一張紙。

似乎是一幀照片。

註一：置屋是擁有藝者或娼妓，派遣到茶屋、餐廳表演接客的店家。

註二：多津惠與達枝日文發音相同，皆為Tatsue。

「這是春子學姊的姑婆。」

「是嗎？」

「一樣是百大美女之一，片倉柳子。看……上面印有花名，對吧？日本橋柳子。」

敦子拿起照片。

是一張老舊褪色的照片。

裁剪成橢圓形狀。

橢圓當中是一名年輕的藝者。

「這張照片跟保田奶奶的不一樣，沒有背景，為什麼呢？保田奶奶說可能是投票用的照片，不過她也不確定。」

很美的人。

「真是麗人，我覺得和春子學姊有些神似。聽說那時候柳子小姐十八歲。」

那麼比起敦子，年紀與美由紀更近。

「看起來很成熟，據說本人看起來比實際年齡要老成許多。不過不是說她顯老，怎麼說呢，保田奶奶說她是個非常嫵媚、迷人的小姐。」

「百大美女啊……」

裝飾在充滿了虛無的隱宅迴廊上的照片。

「保田奶奶說，柳子小姐只差一點就能入選前五名了。說是某處的大富豪為了讓寵愛的藝者拿到第一名，砸大錢要人去投票，所以排名變得亂七八糟。」

這件事敦子也聽說了。

有組織票似乎是事實。

但前幾名似乎都得到兩千票以上，這樣的話，要憑個人的力量，把相好的藝者拱進五名以內，感覺似乎頗有難度。即使票數是憑資助者的財力決定的，也不可能買到如此大量的票。縱然真的有收買行為，頂多也只能讓排名上升個一兩名吧。簡而言之，儘管絕不能說完全公平，不過說穿了只是風月場的遊戲，沒什麼公平不公平可言。

不過，據說第六名的藝妓後來大受歡迎，還被印成圖畫明信片等等，或許這部分的排名有過一番混戰。要把第七、第八名硬推進五名以內，應該是有可能的。如果片倉柳子的得票數接近第六名，或許當時相當有名氣。

「保田奶奶說，比起第四名、第五名，柳子更要美多了。還說自己差不多是吊車尾。嗯，看起來就像是吊車尾的。」

「這話真的很沒大沒小喔。」敦子說。

美由紀苦笑。

「我見到的保田奶奶本人都已經八十五歲了，就算說她以前是個美女，我也難以想像。不過這話是她自己說的，所以我相信。雖然也只能回她客套話。」

「好吧……」

「是被殺死的。」

美由紀冷不防冒出這麼一句。

「妳說誰被殺死？是這位……」

日本橋柳子。

「柳子小姐嗎？」

「對，只因為成了這百大美女之一。」

這張照片……成了名符其實的遺照嗎？

「聽說從初秋到入春，她一直被人糾纏不休，因為男方太死纏爛打，柳子小姐甩了對方，結果慘遭殺害。保田奶奶說她和柳子小姐是同一家置屋的，所以看過那個糾纏柳子小姐的凶手好幾次，說那男人的臉孔就像鬼一樣。柳子小姐遇害那天，保田奶奶也跟她在一起。說就在分開一下的空檔，人被一刀劈下去……」

「一刀劈下去？」

「是被日本刀砍死的。」美由紀說，「因為柳子小姐是片倉家的女人。保田奶奶說真的太可怕了，害她做了好久的噩夢。一定很可怕吧。」

第一屆百大美女隔年的話，是明治二十五年。

當然，一般人不能佩刀。但比起現在，當時日本刀應該更貼近日常生活。雖然自從明治維新以後，已經過了四分之一個世紀，但做為凶器，應該算是稀鬆平常吧。但敦子沒有活過那個時代，所以不清楚。

不過，日本刀應該比現代更要唾手可得。刀。

刀……是嗎？

「這就是……妳說的可怕的事？」

「是可怕的事之一。」

美由紀將蜜柑水一飲而盡。

「柳子小姐的哥哥，也就是春子學姊的祖父，名字聽說叫利藏。利藏先生繼承刀劍鋪，有兩個孩子。一個是春子學姊的父親欣造，再來是妹妹靜子。這位靜子……」

「難道也被殺了？」

「沒錯。」美由紀又拍了一下手，「我想一下……聽說是帝都不祥事件那一年。」

「是昭和十一年呢，十八年前。」

美由紀還沒有出生。

敦子六歲。

所謂帝都不祥事件，是陸軍青年將校主謀叛亂未遂的事件，最近似乎多以發生日期稱其為二二六事件。

「是上一場大戰之前，對吧？我對歷史一竅不通。」

歷史……敦子並不覺得這件事久遠到能稱做歷史，不過在她的感覺裡，也像是古早以前的事。是因為中間隔了一場太平洋戰爭的關係嗎？

「聽說是那年的五月。保田奶奶自從發生過柳子小姐那件事以後，怕得不得了，不做藝者了，一度嫁給了開園藝行的，但那個開園藝行的老公好女色——啊，這不重要呢。兩、三年後離了婚，很快就回到娘家——現在住的家，所以是片倉刀劍鋪的隔壁。回到那裡。」

「她一個人？」

「帶著孩子。然後她說她教人家長唄，獨自拉拔孩子長大。所以從明治三十年左右就一直住在那裡了。保田奶奶和利藏先生也是從小認識。所以片倉家娶媳婦、生小孩，她都在隔壁逐一見證了，也沒有再婚。」

奶奶說那個園丁老公讓她受夠男人了——美由紀說，「利藏先生是在明治三十九年結婚，然後欣造先生——春子學姊的父親——出生，但欣造先生八歲左右的時候，利藏先生離了婚，和後妻生下了女兒，就是靜子。昭和十一年，是嗎？那時候欣造先生二十六歲，靜子小姐十六歲，和春子學姊差不多年紀呢。聽說靜子小姐長得很像柳子小姐，是個很可愛的女孩。」

「出了什麼事？」

「有強盜闖進家裡。」美由紀乾脆地說，「帶著菜刀，小偷失風變強盜。聽說當時欣造先生已經結婚，在外自立門戶。利藏先生那時候好像已經六十四、五歲了，不過是個柔道高手，身手高強。比起財物，他更為了保護妻兒，挺身奮戰。他把強盜手上的菜刀打下來，讓家人趁機從玄關逃生，沒想到強盜豁出去了，抓起商品的日本刀，胡亂揮砍一通。」

「說得好像親眼目睹一樣。」敦子說。

「我只是轉述。」美由紀應道，「太太勉強逃出屋外，大聲呼救。鄰近街坊聽到聲音，當然保田奶奶也聽到了，急忙跑出來，結果看到……」

渾身鮮血的——

「靜子小姐連滾帶爬地跑出屋子。」

「只有……女兒被砍了嗎？」

「對。不知道是在逃命的途中保護母親，還是跑得太慢了。接著利藏先生和強盜扭打成一團，撞破門跑出來，鄰居聯手把強盜制服了，但靜子小姐傷勢太重，警官抵達前就已經斷氣了。就和柳子小姐一樣——保田奶奶邊掉眼淚邊說。」

一樣嗎？

片倉家的女人注定會被砍死……

鬼的因緣。

這說法令人不解。

「然後，這回又是春子學姊，不是嗎？雖然不是發生在自家，但保田奶奶嚇壞了，直說太可怕了……」

「那……妳又是在怕什麼？」敦子問。

「咦？」

「妳……或者說那位保田奶奶，到底是在怕什麼？覺得治安不好？」

治安確實不好。

又不是舊幕府時代，鮮少有機會目睹遭人砍死的屍體吧。然而那位保田奶奶親眼目睹了兩次，不僅如此，周遭又發生了第三次。這應該非常罕見，不用說，實在太不平靜了。

只是。

「是和學校的學生一樣，害怕殺人本身嗎？還是害怕被刀砍死的死法？」

「這，就是呃……」

雖然敦子完全了解美由紀想要表達的意思。

「是害怕……三代連續遭人以相同的手法殺害這一點嗎？」

「唔，應該是這樣吧。」美由紀說。

「可是，這只是巧合吧？」

「巧合？」

「因為第一個柳子小姐，是被愛慕她的男人殺害，凶手也落網了。接下來的靜子小姐是被強盜殺死的，強盜也被抓了。春子同學這邊，雖然還不是很確定，不過是被宇野先生殺死的，宇野先生也被捕了。這三名凶手毫無關係，也沒有關聯。沒有吧？」

「唔……」美由紀側起頭來。

「如果三起事件之間有某些因果關係的話，狀況又有些不同了……但感覺似乎沒有，而且不管是凶手的動機還是犯罪形態，所有一切，都是不連續的事件。這樣一來，它們的相同之處，就只有都是發生在片倉家的事、被害者都是女人，以及……」

刀子嗎？

「凶器是日本刀，就只有這些吧？」

或許就是因為這樣，才被稱為因緣。敦子忽地這麼想，不過……

哥哥的話，會怎麼說？

「明治中期的話，拿日本刀當凶器，應該還不算稀罕。以現在的角度來看，柳子小姐的死法讓人感到獵奇，在當時應該也不普通，但考慮到明治中期這個時代背景，也不算太不自然。靜子小姐的話，強盜會拿起日本刀，是因為刀子就在那裡，而且凶刀也有可能砍傷父親或母親。靜子小姐遇害，純粹是不幸的巧合吧。然後春子同學的命案，與過去這些事毫無關聯。只是被害者之間有血緣關係而已。應該是這樣吧？」

所以……所以才會被視為因緣吧？將各別無關的事象連結在一起，賦與意義，使一連串巧合看起來宛如必然——將並非原因的事視為原因，不可能是結果的事當成結果——所謂因果，不就是如此建構出來的嗎？連結這因與果的緣，不就是因緣嗎？

父母的因果，報應在孩子身上。

祖先的惡行，令子孫不幸。

父母的行止與孩子的身體殘缺無關。犯罪與血統沒有瓜葛。但人們將超自然且神祕的理念代入其中，創造出架空的因果關係，導出截然不同的構圖。做為……一種緣。

這樣的構圖應該極為穩固。

種種的不幸，多半是荒謬不合理的。但只要準備一個淺顯易懂的原因，將之代入穩固的構圖裡，就能消弭這些荒謬不合理。

人類冀求穩定。

有時甚至不惜接納歧視的眼神，也要追求穩定。

會感到害怕……

是因為像這樣準備好的構圖，有時不光是過去，也適用於未來，加之支撐這個構圖的緣——理念，是超自然且神祕的。

這樣的構圖有時會預測到未來的不幸。因為為了消弭荒謬不合理的過去而選擇的構圖，有可能致使荒謬不合理的未來成立。

但超自然而神祕的事物是無從抵抗的。

由於無從抵抗，人多半會改弦易轍，轉為**拒絕相信**這種超自然而神祕的理念。

當然……是為了迴避等在前方的不幸。

但是……無論相信什麼、不相信什麼，不管人怎麼想，會發生的事就是會發生。而事情有時會**歪打正著地**吻合準備好的構圖。這種時候，人就不得不相信先前不願去相信的超自然神祕之物。

所以才會害怕。

人在心中某處，總是認為那只是聊以慰藉的謊言。然而聊以慰藉的謊言居然**成真**，所以才教人害怕。但是，**成真**並沒有理由。

因為是巧合。

原本所有的一切都只是巧合的聚積。如果有理由，應該是更庸俗、更實際的理由，或是精神性的理由。這一切都能以自然科學來說明，沒有超自然介入的餘地。

所以……不。

這次不同。

太奇怪了。

美由紀剛才說的……

全都是果。

沒有因。

比方說，即使解釋為是第一起事件引發第二起事件，將之理解為因與果，不斷循環。

就會變成只有第一起事件無緣無故就發生了。

——鬼的因緣嗎？

前面還有什麼嗎？

「美由紀同學，呃，**在柳子小姐之前，還有什麼**嗎？」

似在沉思的美由紀抬頭，「之前嗎？」

「那位保田奶奶沒有提到什麼嗎？」

「呃……妳說的之前，是指柳子小姐的事件之前、祖先那時候，對吧？聽說片倉家從江戶時代就是刀劍鋪，啊，對了，雖然保田奶奶沒有說得很清楚，不過她說了……對，『是**把鬼招進來了**嗎？』……」

「招進來？」

「她是這麼說的。喔，我問她春子學姊提到的鬼的因緣，結果她就說啊，就是啊。」

「她知道？」

「算是知道嗎？好像心裡有數吧。說什麼那本來不是片倉的家系，是涼阿姨的家系。」

「涼阿姨……是誰？」

「利藏先生和柳子小姐的母親。」美由紀說。

「母親？」

「嗯，保田奶奶說小時候涼阿姨很疼她。說涼阿姨是個潑辣豪爽的女子，長得很漂亮，完全不輸柳子小姐。家裡以前也是開刀劍鋪的——不過在明治維新的二十多年前就不做了——關店的時候，好像就是片倉家的祖先幫的忙。」

「這祖先應該就是柳子小姐的祖父吧？」

「是嗎？」美由紀說，「說到關店的理由，好像是丈夫砍死妻子，上吊自殺的樣子。保田奶奶是直接從柳子小姐的母親涼那裡聽到的，說她當時年紀還小，聽了嚇壞了。」

「也就是說，那個人——涼，她的父親殺死了母親再自殺……算是一種強迫殉情嗎？」

「我是這麼聽說的。雖然保田奶奶沒有用強迫殉情這個詞。」

「這樣啊。那，那個叫涼的人……」

「那個時候……父親殺死母親的時候，那個涼阿姨年紀還小，不懂事。然後同業的片倉……咦，名字叫什麼去了？」

「名字不重要。」敦子說。

名字只不過是記號。

「喔。聽說那個人把店整理收拾了，也收養了涼。不過涼十二歲的時候，說她不能再繼續受人照顧，只帶了一把父母留下來的日本刀，離開片倉家——保田奶奶說不知道是去給人幫傭了，還是賣身了。不過也不敢問吧，保田奶奶當時也還是個孩子而已。」

又是刀。

「後來……喔，這也是保田奶奶小時候聽到的，雖然不知道是怎麼個因緣際會，總之涼阿姨說她愛上了鬼。」

「鬼？」

「應該是某種比喻吧。然後說那個鬼被消滅了，所以她從宛如天涯海角的地獄，又回到了東京來。然後她沒有親人可以投靠，也無處可去，所以流落到以前住過的下谷，然後……」

「嫁進了片倉家嗎？」

「嗯……那個涼阿姨似乎個性開朗，好像也毫不避諱這些身世，大大方方地告訴保田奶奶。好像還在澡堂讓保田奶奶看了她被子彈射中的槍傷、被刀砍的傷疤。奶奶說涼阿姨笑說是被官軍擊中的。」

「被官軍擊中？」

「對。原來官軍連平民都照射不誤嗎？這點我沒有仔細追問。然後，涼阿姨說，『我是殺死自己老婆的鬼生下的女兒，所以才會愛上鬼，卻沒能廝守在一起，逃了回來，又被這個家收留，我被片倉家收留兩次了』……」

「也就是說，這個人就是鬼的因緣？」

「應該是。保田奶奶這麼說的。」

「那，那個人後來怎麼了？柳子小姐遇害時，她還在世嗎？」

「啊……還在。聽說涼阿姨看到柳子小姐——女兒的死法，說**『跟娘一樣』**。」

原來如此，這句話就是起點。

想來，那個叫涼的人只是吃了一驚而已。

女兒的死法，竟與兒時目睹的母親的死法幾乎如出一轍，讓她大吃一驚。

只是這樣罷了吧。

這個類似性，形成了因果的構圖——因緣。

而這個因緣——極偶然地——也吻合了接下來的事件。

然後就形成了鬼的因緣吧。

類似變成相同，形成反覆，超越時空，將春子推入驚懼的深淵。

這樣的話，至少這鬼的因緣形成，並不是太古老的事。

是在靜子慘遭強盜殺害的時候，可怕的過去陸續連結在一起了。昭和十一年的強盜事件，回溯到明治二十五年的砍殺事件，以及江戶時代的強迫殉情事件，變成了同一回事。

所以。

片倉家的女人會被人用日本刀砍死……

不對。

「那……那位涼女士也被砍死了嗎？」

「什麼？」

美由紀呆呆地張大嘴巴。

「怎麼樣？符合這個因緣的，有涼女士的母親、還有女兒柳子小姐、柳子小姐的姪女靜子小姐，然後是春子同學……乍看之下像是詛咒的連鎖……」

「不，涼阿姨……」

美由紀拿出記事本翻頁。

「我看看，我聽到寫下來了。記得是……對，說是在明治三十五年過世，享年六十左右……咦？呃，如果是被殺死的，不會是這種說法呢。」

「是啊。這個悲劇好像只能追溯到涼女士的母親，所以假設是從她的母親開始……接下來就是女兒呢。確實是以涼女士為中心發生，但關鍵人物的涼女士卻被跳過，有這樣的嗎？如果其中有某種超自然的力量在作用……會是這種毫無法則的發展嗎？」

「這麼說來，確實很怪。」

「那……」

這根本**不是詛咒還是作祟**。

「所以根本沒什麼好怕的。」敦子說。

「這樣嗎？」

「首先，這一連串悲劇不是發生在片倉一族，而是那位涼女士的血親，對吧？涼女士的母親，然後是涼女士的女兒，中間相隔四十幾年，以相同的死法過世。這是不幸的巧合。」

「是巧合嗎？」

「兩次的話，還可以算在巧合範圍內吧？然後涼女士似乎是壽終正寢，接著再次相隔四十幾年，發生了強盜事件。雖然感覺好像重複了三次，但三起都是獨立事件。如果把範圍縮小到片倉家，就只發生過兩次。」

「這也是……巧合嗎？」

「對，根本不是什麼祖先代代。源頭的涼女士自己則是個例外。」

她並沒有被日本刀砍死。

「不，可是春子學姊也……」

「春子同學是從誰那裡聽到過去的事件、又聽到了什麼樣的內容，如今已無從得知，但春子同學本人並沒有親眼目擊任何一起過去的事件，對吧？」

「因為她還沒有出生呀。」

「春子同學的父親好像也在她小時候就過世了，母親也不曾身在現場，所以都只是聽說而已吧。四起事件跨越百年時光，只是聽說的話，感覺彷彿祖先代代連綿不斷，但似乎並非如此。那位保田奶奶雖然目睹了四起命案中的兩起，但仔細想想，除了凶器以外，也沒有任何類似之處。只是在描述中連繫在一起罷了。」

一點都沒有什麼好不可思議的——敦子說：

「只是凶器相同，完全是單純的巧合罷了吧？」

敦子斷言說，就像要說給自己聽。

美由紀手指抵在下巴，應了聲「是呢」。

「妳覺得很沒意思嗎？」

說完後，敦子覺得這話太不莊重了。

美由紀才剛失去要好的朋友，她並非出於好奇才探究這件事的。

「抱歉。」敦子說。

美由紀搖搖頭，「不，沒錯。沒關係的。怎麼說，聽到保田奶奶的話，我認定這一定就是作祟那類事情，可是這……」

依然是殺人事件呢——美由紀說。沒錯，唯一可以確定的是，這些都是血淋淋的命案。

「如果用作祟、詛咒、因緣這些說法解釋，雖然很可怕，但另一方面，感覺也像是從現實轉移了目光。因為可怕歸可怕，心情上卻輕鬆多了。怎麼說，就好像全都變成了故事……」

「沒錯，就是這樣。」敦子說得彷彿她懂，「話語是有這種效果的。透過述說、聆聽、書寫、閱讀，現實全都會變成故事。」

「是呢……」

「所以在語言的層面上，謊言與真實會變成等價。我覺得這是件好事，效果絕佳。不過如果安於其中，也會因此迷失了某些事情。事實會輕易被扭曲，記憶也會被竄改。所以有些事情是不能就這樣算了的……我是這麼覺得。」

沒錯，尚不清楚，什麼都還沒搞清楚。

「敦子小姐。」美由紀說，「意思是，這些過去的事件，可以當做與這次的事件完全無關，對吧？即使追查這條線，也無助於消除這次的昭和試刀手事件或是春子學姊命案所帶來的怪異感……對吧？」

「我沒辦法斷定，不過我會去確定。」

敦子說，站了起來。

蜜柑水還剩下一大半。

說定明天碰面的時間後——地點結果又是兒童屋——敦子前往稀譚舍。

非完成不可的工作，她上午就已經處理好了，而且不用開會，也沒有約人談工作，因此她完全沒必要去公司，但她還是去了。

因為她想整理一下思緒。

整理好辦公桌後，敦子打電話到赤井書房。

赤井書房是一家小出版社，除了老闆之外，就只有兩名員工。

這家出版社不定期出版《月刊實錄犯罪》，這是戰後流行的粗製濫造雜誌——不光是印刷品質，內容也粗製濫造——所謂的糟粕雜誌裡「碩果僅存」的雜誌之一。好像是富豪雅士的老闆開興趣的出版社，因此不管銷量好不好，都不會停刊。

她打算尋求《月刊實錄犯罪》的編輯記者鳥口守彥的協助。

如同其名，鳥口編輯的這本雜誌，專門報導古今東西的犯罪事件。雖然標榜實錄，但原本是糟粕雜誌，因此虛實軟硬、玉石混淆。但《月刊實錄犯罪》的態度並不像其他糟粕雜誌那樣輕浮不莊重，一味追求內容滑稽好笑。雖然會刊登尖銳聳動的題材，也有許多違反公共善良風俗的文章，但編輯的心態極為嚴肅。

打電話過去，鳥口立刻接聽了。他說完全沒工作，正閒得發慌。

敦子請他查資料，他二話不說答應下來。說是他的拿手領域。

這是配菜前的小菜——鳥口說。雖然不解其意，但他並非在搞笑。鳥口這個人在找路和諺語成語方面，總是徹底搞錯。

鳥口說三小時後會到稀譚舍找敦子。

應該真的很閒吧。

敦子寫企畫書打發時間，去附近的飯館提早用晚飯，回來的時候，鳥口剛好走進玄關大廳。敦子向櫃台打過招呼，領他到會客室。

鳥口身材頗為高壯，長得像鼻子修長的樺太犬（註）。兩人在武藏野連續殺人事件採訪時認識，此後便經常在各處巧遇。一年前，敦子前往箱根山採訪時請鳥口擔任攝影師同行，兩人都出了大糗。

「啊，實在閒死人了。」

鳥口一坐下便說。

說是會客室，也十分單調乏味，和警察署的接見室沒什麼兩樣。頂多就是硬面椅子換成老舊的沙發，桌子變成矮長几罷了。

「師傅、大將和關口老師怎麼樣了？」鳥口問。

師傅是指哥哥，大將應該是指偵探。關口是哥哥的小說家朋友。

「完全沒有消息。」敦子回答。

「是喔，實際上那邊到底發生了什麼事，完全沒個頭緒。只聽到風聲，卻沒有任何報導，就算有報導，八成也不是事實，用不著看過去的例子也知道。噯，大將八成正在大鬧，關口老師應該正窘迫無計，師傅一定不肯出手。我也來去栃木看看嗎？」

「最好不要。」敦子說，「鳥口先生就算去了，也只會被目中無人的偵探當牛馬使喚，被逼著照顧不省人事的小說家老師，最後被板著臉的我哥臭罵一頓而已。哥哥一定會生氣的。」

鳥口「唔嘿」了一聲。

「幾乎總是這樣嘛。」

「總是這樣。最後都會挨罵。箱根那時候、伊豆那時候，我都被罵慘了。就連之前的神無月事件都挨罵了。明明我只是去採訪，什麼都沒做。對了……」

敦子略為起身，「因為時間晚了，所以我沒備茶」。也不是不能準備，但總覺得時間寶貴。

鳥口誇張地揮手，「不用忙不用忙。如果是吃的，我就不會客氣……敦子小姐吃過晚飯了嗎？」

註：即薩哈林哈士奇犬、庫頁犬。

「剛才吃了。」敦子說，鳥口遺憾地說「太可惜了」。

「依報告的內容……我可以請你吃點什麼做為答謝。」

「啊，我絕對不會再厚臉皮要敦子小姐請客了。老實說，敦子小姐找我，真是幫了我大忙。要是再那樣繼續閒下去，我就要奉社長命令，前往浪越德治郎老師那裡了。喏，就是指壓那個。」

「去治療嗎？」敦子問。

「才不是呢。」鳥口蹙起眉頭。

「因憂世傷身而僵硬如石的我的肩膀，怎麼揉怎麼碾都不會鬆軟的。喏，之前瑪麗蓮夢露不是來日本嗎？舉國上下鬧得沸沸揚揚，那時候浪越醫師給夢露指壓了一下。聽說夢露胃不好，可是社長叫我過去，打探那時候夢露穿什麼呢。」

「那時候……是指治療的時候嗎？」

「對對對。那天那個時間，夢露身上究竟穿了什麼？是帝國飯店的睡衣嗎？還是浴衣？還是那個叫什麼，不是有那種的嗎？布料輕飄飄的，舶來的，像蕾絲的連身衣，還是穿那個？甚至有人說她一絲不掛。哎呀，一絲不掛的夢露，雖然教人好奇，但我要去的是德治郎那裡，要看的是拇指，粗壯的拇指。就算看那種東西，聽他按了哪裡，又能怎麼樣嘛？難道要問他觸感嗎？」

鳥口豎起雙手拇指用力往前推。

敦子不知道要怎麼回應才好。

也許是因為敦子毫無反應，鳥口突然打開握住的雙手，拍了一下手。應該是察覺敦子受不了他的廢話了。

「所以我丟下那個就像去問畫上的麻糬好不好吃、填不飽肚子的差事，一聽到鼎鼎大名的稀譚舍請我協助採訪，便二話不說跑出門查了一下。」

「喔……這麼快就能查到嗎？」敦子問。

「哦，之前我承蒙令兄一番指點。」鳥口說，「敦子小姐不知道嗎？令兄在舊書方面的師傅，那位了不起的大人留下的文庫，喏，不是就在那邊的水道橋嗎？明治大正昭和初期的報紙、瓦版（註）、雜誌什麼的，幾乎都一應俱全。」

那裡的事敦子略有耳聞。

但她沒有放在心上。

或許方便，可是她不想利用。敦子覺得自己下意識避開那裡。

敦子最近覺得，她對明治大正這段年代……感到排斥。

註：瓦版為江戶時代的新聞時事單張報紙，不定期出刊，在街頭叫賣，多以繪畫為中心，附上說明文字。

那個時代予人一種不安感，就像是天亮了卻昏暗不明的早晨，或破曉前卻微亮的白夜。這樣的時代，令敦子感到無立足之處。

在好的意義上頗為遲鈍的鳥口說著「原來敦子小姐不知道啊」。

「那裡只有一個老太婆在看店。說是看店，那裡也只是普通的民宅，不知道的人就不知道，就算知道，也不好跨進去。不過那裡可以自由閱覽，費用也是隨喜，像我，就非常仰仗那裡。」

說到這裡，鳥口忽地頓住了口，不再閒扯下去，問：

「怎麼了嗎？」

「沒事。」敦子說。

「沒事嗎？呃，是明治二十五年一月六日，對吧？有的。」

「是報紙嗎？」

「對。我看看，我找到一篇報導，標題是『職工癡戀美藝妓』。這標題的癡戀兩個字，完全充滿了犯罪氣息，然後也真的是殺人命案。」

原來是事實？

「凶手依田儀助，三十二歲，是木匠。報上說他畸戀淺草凌雲閣畫美女之一，十八歲的日本橋杵屋藝妓柳子。他去淺草十二樓觀光，看到照片，一見鍾情，後來便天天上凌雲閣去，也不去展望室，就只是杵在那張照片前面，對著那照片呆望一整天。展覽結束後……那個木匠應該是沒想到可以把人叫到茶屋，或是找去陪酒吧，直接就殺到置屋去了。」

鳥口揮出拳頭。

「因為是宣傳活動，所以照片上也標明了是哪裡的置屋，但只是上門看美女，也教人頭痛。」

「只是白看而已嗎？」

「就是白看。」鳥口答道，「而且還是死皮賴臉。明治二十四年秋季……這是美人照展覽結束的時期呢。說從那時候開始，連續三個月，他幾乎天天都來，一有機會就想跟人家說話，摟摟抱抱。相幫之類的男僕想要勸阻，但木匠徹底沖昏頭，完全無法溝通。好像也被警察抓走好幾次，卻堅持說柳子小姐要當他的媳婦，完全講不聽。新年過去，依然不肯罷休。這事不解決，也沒法做生意了，所以柳子小姐帶了兩三名凶神惡煞的男丁，直接找木匠談判，不過也並非疾言厲色。」

「不是嗎？那是嚴正拒絕嗎？」

「從報導文字來看，不是那種感覺。是類似『非常感激您的厚愛，但希望往後您能請小女子到筵席相陪』。喔，這姑娘好像是日本橋一帶也頗有口碑的美人，個性應該也很不錯吧，並不是惡狠狠地拒絕人家。」

關於這一點，和美由紀的描述感覺不同。之前敦子聽了，得到的印象是男方糾纏不休，女方厭惡拒絕，結果男方由愛生恨。

「是婉言相勸嗎？」

「應該是吧。還是溫柔地拒絕？沒想到卻是適得其反。」

「怎麼說？」

「雖然也要看時間和場合，不過這種人啊……」

就得惡狠狠地讓他們吃到苦頭才成——鳥口搥了一下桌子。

「從經驗來看，那種搞不清楚狀況的傢伙，就該斬釘截鐵地警告他們才會懂。因為這種人的耳朵非常特殊，任何抗議聽在他們耳裡，都能解釋成他們想聽的話。『請小女子相陪』，會變成『我喜歡你』，完全不會解讀為『請不要糾纏我』。」

「可是，不是也有相反的情況嗎？」敦子問。

「所以要看時間和場合，倒不如說，要看人吧。」鳥口垂下眉毛說，「愛有多深，恨就有多深——這次沒講錯吧？所以一句『討厭啦』，也有可能引來殺機。雖然有這個可能，但這個儀助又不一樣了。他把『請用客人身分上門』解讀成『我愛你』，可是又沒錢叫藝妓——喔，他都不工作，成天糾纏人家，當然沒錢了，所以……這儀助吶喊著，『我們只能在另一個世界結合了！』從親戚家拿來日本刀埋伏，等柳子小姐從置屋走出來……」

大刀一揮——鳥口做出砍人的動作。

「一記袈裟斬，一刀兩斷。美人就此香消玉殞，可悲可嘆。唔，當然立刻就遭到壓制，被繩之以法。當時的刑法怎麼樣我不曉得，但刑期等其他細節都不清楚。這是報紙的抄本。」

鳥口把便條紙放在桌上。

好像幫忙把報上內容抄寫下來了。

鳥口說明，那家文庫也出借書籍資料，但他懶得歸還。

鳥口這人看似粗枝大葉，筆跡倒是很纖細。是筆壓很弱嗎？不管怎麼樣，鳥口儘管外貌壯碩、舉止輕浮，做事卻很細心周到。

這暫且擱一邊……

就聽到的來判斷，這起事件是獨立的，看不出與前後其他事件相關的要素。

「接下來是昭和十一年的強盜事件。」

鳥口在沙發上重新坐正。

「這案子呢，應該也是相當聳動的大事件，但剛好和那個阿部定落網撞在一起。整個社會都在為阿部定議論紛紛，所以相形失色了……」

阿部定是殺害情夫，切下生殖器官後逃逸的女凶手姓名。

阿部定殺人逃亡，最後遭到逮捕，但聽說她一直把切下來的情夫生殖器官珍惜地帶在身上。

這是一起所謂的獵奇殺人事件，但也許是受到定頗為豪爽的言行所影響，並沒有淒慘的印象。即使到了戰後，仍頻繁成為糟粕書籍——不是糟粕雜誌——的主題，也變成情色惡俗小說的題材。定落網五年後，在皇紀紀元二千六百年的大赦中被釋放，對小說提起名譽毀損的訴訟，贏得勝訴。

她現在應該依然生活在市井之中。

對了。

敦子看過定剛落網時的照片。

定面帶笑容。

這也就罷了，但她身邊的警方人員亦個個面露微笑。那是一張和樂融融的照片。或許就是這樣的，但敦子……

覺得很不舒服。

她應該是排斥這類事情。

她覺得即使狀況嚴重，也不一定非得一臉凝重才行。是這樣沒錯。

但如果敦子在場，應該笑不出來。

仔細想想，塑造出笑不出來的她的，應該是明治以後的文化和教育。當然，敦子覺得順從地全盤接受的自己也有問題，但這依然無法和社會分開來看待。然而她強烈地感覺戰前的紀錄，總有許多輕視這類事物的部分。

雖然一切都只是她的成見、主觀的印象。

「唔，在敦子小姐面前或許不該說這種話，不過比起吹捧切下那話兒的女人，更應該為慘死強盜刀下的可憐少女哀悼才對。不過阿部定因為遲遲沒有落網，新聞炒得正火熱，而這邊幾乎是現行犯嘛。」

鳥口讀起別的筆記。

「我看看，『竊賊失風轉強盜　持商品刀劍砍殺女兒』——這個喔，實在很想叫以前的報紙想點更像樣一些的標題呢。其他的也都半斤八兩。應該不是在開玩笑，卻一點迫切感都沒有。」

沒錯，就是這樣。

應該不是在開玩笑。但從現代的感性去看，有時卻會惹人失笑。但有時候那又是絕對不能笑的內容。

就是這部分讓敦子感到困惑。

「這邊的案子，凶手名叫川西平作，二十八歲。從秋田來到東京，在品川一帶打零工。這個平作在秋田好像有互許終身的對象，但因為太窮了，沒錢辦婚禮。所以才打算來東京賺筆錢當結婚資金。」

「也就是打零工吧？」

「是啊。唔，也是鄉下沒工作吧。以為只要到東京來就有錢賺，未免想得太容易了。要是這樣，東京人全都是大富翁嘍。重要的是腳踏實地認真工作呀。」

「但這個人不是？」

「看來不是呢。不過腳踏實地的我，一樣是個窮光蛋就是了。」

「他是為了存結婚資金而來到東京吧？」

「然而這平作生性好賭，完全存不到錢。成天在工寮呼么喝六，把每天的工資都賠光了。如果贏了錢，就大手筆下注。當時還沒有公營賽馬那些——剛好是日本競馬會剛成立的時期，所以肯定是非法賭場。十八啦擲骰子。一定是輸到脫褲子。」

賭博真的要不得啊——鳥口以奇妙的語調說：

「賭博會毀掉一個人。至少平作就這樣毀了。到底是為什麼呢，嗜賭的人，很大的比例都會自甘墮落。勤勞的賭徒難得一見。平作也不例外，是個懶散鬼，連一毛錢也沒存到，只是債台高築。故鄉的未婚妻已經等不及了，所以平作想到破門行搶……真是太莽撞了。是一時興起，匆促行事嗎？他從廚房摸了把菜刀，搭上電車。似乎是覺得在陌生的土地動手才不會曝光，真是想得太簡單了。他在東京車站下車，整整兩天四處游盪，終於立下決心的時候，剛好來到下谷。時間是子時。平作不知道那裡是刀劍鋪，溜進屋裡……」

「原來他不知道？」

「好像不知道。」鳥口說，「要是我是強盜，才不會跑去賣那種危險物品的地方下手。手上的武器就只有一把菜刀，哪裡打得過？可是無知就是無敵，他恐嚇老闆拿錢出來。老闆不慌不忙，說錢可以給你，但沒有多少……是啊，又不是銀行，不可能有多少錢嘛。平作便說那把店裡的商品拿出來……蠢成這樣，真是要怎麼說呢？」

「不知道是刀劍鋪，但知道是做生意的地方嗎？他不是以為是一般民宅才溜進去的嗎？」

「不是，喏，不是有店面嗎？就算位在住宅區，外觀也和一般民宅不一樣。有招牌，入口應該也是玻璃門之類的吧。因為天色陰暗，不知道是做什麼生意的，但知道是店鋪，心想那應該有營收。所以這傢伙糊里糊塗，從後門闖了進去。可是說到那裡的商品，全部都是刀子啊。」

人家是刀劍鋪嘛——鳥口說：

「叫人家拿出來，老闆就拿出來了。他又不知道強盜是什麼狀況，根本想不到對方連店裡賣的是什麼都不知道，就叫他拿出來。然後商品就只有刀，所以就拿出刀來。那裡是刀劍鋪嘛。結果平作一看，臉都綠了。比菜刀還要長。廢話，那可是日本刀呢。老闆只是照著話作，平作卻不這麼想，以為對方拿刀是要砍他。平常的話，遇上這情況，應該會丟下一句對不起，死了心快跑，對吧？」

「他沒跑，是吧？」

「是自暴自棄了嗎？平作陷入錯亂，抓著菜刀亂揮一通。因為太危險了，老闆護住太太和女兒，讓她們逃去店面。這是很理所當然的舉動。老闆絲毫沒有要跟他對打的意思……」

「他沒有拿日本刀應戰嗎？」

「沒有啦，刀劍鋪只是賣刀的，又不是劍客。」

「我同意……可是就算沒有挺身應戰，也會試著把人趕跑吧？」

「沒有啦。是啦，強盜有刀，而且自己手上有把日本刀，總比手無寸鐵更安心一些……不不不，這如果不是日本刀，而是棍棒子，或許老闆就跟他拚了。」

「怎麼說？」

「鈍菜刀和棍棒勢均力敵啊。但日本刀很危險，弄個不好，連自己都會被砍傷。屋子裡很狹窄，老婆女兒又在旁邊，太危險了。我覺得因為是做刀劍生意的，所以更清楚日本刀有多危險。那種東西外行人拿來亂揮，根本是在玩火。」

說的沒錯。

一般應該會這樣想。

所以為了護身，帶刀上街的發想果然很奇怪。

「然後，老闆還算是冷靜，但強盜已經陷入恐慌，整個人抓狂起來。就算鈍，畢竟是把菜刀，危險得不得了。太太帶著女兒跑去玄關，試圖打開門鎖要逃，但實在是嚇得慌了手腳，女兒也魂飛魄散，遲遲打不開門鎖。這時老闆為了讓老婆女兒逃命……」

不是跟平作對幹——鳥口說，「這要是古裝劇電影，就是從後面賞他一刀，但老闆並非想要幹掉強盜，而是想要牽制他，所以是空手上陣。這老闆雖然開的是刀劍鋪，但練的是柔道，而不是劍術。所以他一把抓住強盜拿菜刀的手，嘿一聲把人扔了出去。平作也放開菜刀，整個人咚的一聲……」

要是事情就此落幕就好了——鳥口擺出泫然欲泣的表情。

「不幸的是，平作被扔出去的地方，剛好有一把刀。喏，就是他叫老闆把商品拿出來而拿來的日本刀。平作一把抓起那刀子，胡亂揮舞，試圖逃亡。是覺得老闆太強打不過吧。這個時候，玄關那裡，妻子正手忙腳亂地試著開門，我看看……賊人聽到呼救聲，怒從心上起，惡向膽邊生，朝聲音的方向大刀一揮……結果那裡剛好就站著女兒，是這樣的情況。」

幾乎是意外事故了——鳥口說：

「不是有無殺意這種層級的問題，只是一場亂七八糟的鬧劇，但女兒卻淪為這種糊里糊塗的鬧劇的犧牲品。這起事件如果女兒平安無事，就是一場荒唐的笑話了。」

糟粕編輯如此評論。

「可是人卻死了，教人笑不出來。」鳥口接著又說：

「這時鄰近住戶聽到吵鬧聲，全都出來了，總共十三人聯手壓制歹徒，警官趕來，將歹徒繩之以法，但女兒喪命了。從脖子到背部被砍，似乎是當場死亡。這不是太荒謬了嗎？因為這種蠢蛋引發的愚蠢騷動而喪命，世上還有比這更慘的事嗎？簡直就是一場悲劇。」

鳥口平日雖然灑脫，但是該義憤填膺的時候還是會義憤填膺。

敦子對他的這種地方很有好感。

「這個平作好像被判了七年徒刑。我覺得未免太短了，不過就是這樣吧。然後……敦子小姐。」

鳥口抬頭。

「這家店不就是之前女兒被昭和試刀手殺害的片倉刀劍鋪嗎？」

「沒錯。」敦子答道。

「唔嘿，當場肯定喔？那我再請教一下，妳在調查什麼？難道這起強盜事件——不，還有藝者命案，是一連串相關事件嗎？」

「不是。」

鳥口又「唔嘿」了一聲。

「當場否定喔？不過這些案子之間有關聯吧？」

「我就是想要確認無關，才請你調查的。因為如果不是畸戀或是強盜，或許狀況又有所不同。但這下我放心了。這兩起事件沒有關聯，與這次的事件當然也沒有關係。」

「這樣嗎？」鳥口拱起厚實的肩膀。

他本來是溜肩，所以變成了古怪的形狀。

「我倒覺得不盡然如此吶。」

「什麼意思？」

「喔，這個畸戀藝者的依田儀助，他是橫濱人。他當成凶器的刀是親戚的，那親戚本來在橫濱村開當鋪，案發當時在上野開舊衣鋪。然後，那親戚把開當鋪時人家典當的刀寶貝兮兮地一直留在身邊。明明已經改行賣舊衣了。儀助就是拿了這刀去殺柳子。這件事大報沒有寫，是小報……上頭有插圖，所以是叫瓦版嗎？」

大報小報是大略區分明治初期報紙的稱呼。

大報是全開尺寸，指主要刊登政論與國際情勢等的高級報。

小報是一半的四開尺寸，刊登市井新聞和讀物等。大報採用文言文，小報採用白話文，全面附上標音，多半附有插圖。

小報起初發行份數不多，有不少形式似乎也都接近地方報。

但結果價廉通俗的小報賣得比較好，銷量也超越了大報。大報開始力圖大眾化。另一方面，小報也開始刊登評論等等，朝大報風格貼近。但大報由於也負有政治宣傳的任務，難以跳脫窠臼，最後廢絕了。能存活下來的，只有及早模仿小報，捨棄高調的大報。換句話說，現在的報紙，幾乎全是低俗的小報後裔。

說到明治中期，剛好是過渡時期嗎？

「唔，雖然採取後續報導的形式，但也不是正式報導，比較接近娛樂讀物，所以沒什麼可信度。雖然當時很多東西都沒什麼可信度，而且許多地方都無法辨認，像是被蟲蛀了。用字也滿難的。然後，上面說儀助拿去行凶的刀子，是大有來頭的妖刀。」

「妖刀？」

「沒錯，妖刀。聽起來很假啦，上面說什麼是**鬼刀**。鬼不是拿鐵棒的嗎？原來也會拿刀嗎？案發後，物主的舊衣鋪老闆從警方那裡拿到歸還的刀子，不知道該如何處置。那是殺過人的刀子，覺得很毛吧。實在太恐怖了。而且他總算省悟自己是賣舊衣的，收藏刀子也沒用，這東西實在不能留在身邊，所以送去給寺院祭拜之後賣掉了。」

「咦？難道……」

刀……

問題果然是刀嗎？

難不成凶器全是同一把刀？

「那把刀就是昭和的強盜事件的凶器嗎？」

「不是。」

事情沒這麼簡單——鳥口說：

「那所謂的**鬼刀**好像有兩支……還是叫兩把？那個買下刀子的人，雖然不是很清楚，不過好像是一名磨刀師。聽說那個人一直在找那把刀。我看看，大垣某磨刀師邂逅尋尋覓覓之**鬼刀**……」

「大垣？」

這姓氏……在哪裡聽過。

「嗳，什麼尋尋覓覓**鬼刀**，這邊就令人不懂。說有兩把，也亂古怪的吧。所以呢，這事原本就不能當真。雖然不能當真，但我覺得好奇的是，昭和的強盜案這邊，發生當時沒引起什麼注意，卻在戰後登上糟粕雜誌。喔，就我們雜誌的同類啦。應該是戰後阿部定熱潮再起的時期，在翻找資料的時候偶然發現的吧。這是糟粕雜誌的內容，當然毫無可信度。是沒有可信度，可是……」

鳥口從皮包裡挖出雜誌。

「這本我買回來了。那家店也賣書。書的話，也可以向公司報帳。這是昭和二十二年發行的雜誌《獵人之友》。」

鳥口翻頁，打開出示給敦子看。

「這裡。〈鬼刀因緣？／令持有者瘋狂的魔劍／誤闖刀劍鋪的軟腳蝦強盜，將少女一刀兩斷〉。毫無疑問，就是在講下谷的事件。可是**鬼刀**喔……真奇怪，鬼不是拿鐵棒的嗎？真想聽聽師傅的意見呢。說巧不巧，兩邊都是鬼……」

「鬼。」

敦子把雜誌拉近自己。

這本雜誌的因果報應之說，或許就是一切的起源。

有這個可能。

這樣的話，原本不是鬼的因緣，而是**鬼刀**的因緣嗎？

那麼……

4

「很可怕的……」

不能扯上關係啊——大垣喜一郎說，「兩位小姐，我不知道妳們想知道什麼，但無關的事，就別去亂蹚渾水。妳們沒聽說過這話嗎？不打草，不驚蛇。」

自從造訪之後，大垣一次也沒有看向她們。

「警方來過了嗎？」

敦子問。

磨刀師懶散地應「來過了」。

「我可以請教和警方一樣的問題嗎？從去年秋天開始，您是否研磨過同一把刀好幾次？」

「是啊。」

「是片倉刀劍鋪委託的嗎？」

「沒錯。我也這麼告訴警方。」

是那個銅鈴大眼的刑警——大垣說，「我沒什麼好隱瞞的。帳冊上也都有紀錄。同一把刀我研磨過好幾次，也收了錢。」

「您知道那把刀砍過人，卻照樣研磨嗎？」

「我說啊……」

老人——年紀應該超過七旬了——這時總算轉向敦子和美由紀。稀薄的白髮理成大平頭，戴了副款式老舊的黑框眼鏡。黝黑的皮膚很有彈性，開襟襯衫裡露出來的胸膛肌肉也相當結實，完全看不出年紀，姿勢卻彎腰駝背的。

大垣老人眼鏡底下凹陷的一雙眼睛使勁瞪向敦子和美由紀。

「兩位小姐，我是個老糊塗了，但還沒有活到一百歲。」

「這話是什麼意思呢？」

「所以啦，我知道刀子有缺損。我就是幹這行的嘛。再怎麼厲害的高手，只要拿刀砍東西，刀刃就一定會缺損。砍的是動物，就會沾上油脂，所以應該是砍了什麼，但哪看得出是砍了豬還是砍了狗？要說為什麼我看不出來，因為沒有人會去砍那種東西。這要是維新以前，或許我就看得出來吧。因為那時候的刀只會拿來砍人。可是在這昭和時代，有人會拿日本刀砍人嗎？我是在六十年前踏進這一行的，但那時候已經沒有人佩刀啦。沒看過的東西，我怎麼比較？不可能看得出來。」

老人說完這些，又撇過頭去。

或許就像老人說的。

敦子以為磨刀師的話，應該看得出來，但原來即使看得出砍過東西，也看不出是砍了什麼。就像老人說的，現在已經沒有人會拿日本刀砍人了。

可是……

「可是，您知道發生了殺傷事件吧？」

「我哪知道？我不會踏出這屋子，也不聽廣播。就算知道，也跟我無關。有人委託就答應，刀子損傷就修理，打磨讓刀子恢復鋒利，歸還給客人，這就是我的工作。我就像這樣幹了六十年。刀子拿去幹了什麼，我不關心。」

老人在磨刀石上澆水。

沒看到要磨的刀。

或者只是從敦子的位置看不到？

「最近工作愈來愈少了。就算有刀子可磨，也都是菜刀、軍刀這些爛刀。同業一個接著一個不幹了。也有人把店收了，推銷員似地挨家挨戶磨菜刀。堂堂日本刀的磨刀師傅，卻淪落到幫人磨菜刀，昭和就是這樣一個時代。」

敦子記得去年伊豆的事件中涉案的巡迴磨刀師，原本也是日本刀的磨刀師。

「我呢，雖然都這樣一個老東西了，但那個沒死成的老父親還在世，我得照顧他才行。就算一家子都是老頭子，醒來還是得吃飯。要吃飯，就得工作。只要有工作上門，我來者不拒。刀子怎麼受損的，不關我的事。」

「來委託的是宇野先生嗎？」

老人再次把臉轉過來。

「憲一不會來這裡。」

「因為他被逐出師門嗎？」

「逐出師門？」

大垣的表情扭曲了。

「什麼逐出師門？我可沒收什麼徒弟。我就只是個工匠罷了。我一個人工作，所以也不是什麼師傅。我不是師範，也不是什麼宗家。都要家徒四壁了，還談什麼師門？」

「可是……」

「收留憲一的是我爸，不是我。」

「是……令尊嗎？」

「他現在整天躺在床上，但剛戰敗的時候還會到處遊蕩。是從別人家屋簷下撿回來的，瘦得只剩一副骨頭的營養不良的小子。」

大垣露出在意屋內房間的樣子。

他臥床不起的父親睡在那裡嗎？

「我爸九十六了。」

「哇。」美由紀驚呼。

「戰敗的時候九十左右吧，已經痴呆了，把憲一誤以為是自己的孫子了。」

「孫子……」

「他的孫子就是我兒子。都已經三十多了，也有孩子了，所以一開始我以為他是把憲一當成曾孫了。可是我的孫子現在應該十歲，敗戰當時才兩、三歲而已。憲一那時候都十二歲了，年紀兜不上。再說，仔細想想，我爸根本沒見過曾孫。不，搞不好他連自己有曾孫都不知道。」

從來沒見過嘛——老磨刀師說，用手巾抹了抹手。

「我兒子跟他爺爺不和，十年前就離開這裡了。我老婆進入昭和沒多久就死了，所以家裡老中小全是男的。我爸是舊幕府時代的人，而我是明治出生的，不可能處得好。我兒子現在去了松戶還是哪兒，在那裡娶了媳婦。出征前來露過一次臉，但復員後就沒見過面了。偶爾會捎個信回來，但媳婦孫子都沒帶來給我見過。所以我爸是把憲一誤以為是他的孫子，也就是我兒子喜助，而不是曾孫德次郎吧。」

搞什麼東西——大垣憤懣地說，「日子就已經過得夠苦了，還撿那種東西回來。」

「可是，他一直住在這裡呢。」

「我讓他照顧我爸啦。」大垣恨恨地說，「我得工作賺錢啊，沒法整天陪著我那痴呆老爸照顧他，所以才讓他留下來。我爸要是丟著不管，不曉得會晃到哪裡去，給別人添麻煩。等到我爸的腳不行了，走不動了，我想或許他可以幫忙賺點錢，所以試著訓練他，但是沒辦法，這小鬼一點用都沒有。所以我叫他去工廠工作，但一樣幹不來。沒辦法，只好把他趕出去了。都多大一個人了。」

才沒什麼拜師、逐出師門那回事——磨刀師背過身子。

「那……他是沒臉見您，所以才不會過來嗎？」

磨刀師的背影一動不動。

「不管怎麼樣，送刀來這裡的都不是宇野先生，是嗎？那……」

「我告訴警方了，我沒義務跟妳們說。」

妳們回去吧——大垣小聲說。

今早……敦子聯絡了賀川刑警。

敦子在兒童屋聽美由紀報告的時候，賀川正來到這裡問案。

鳥口的報告提到的磨刀師，姓氏一樣是大垣，這一點讓敦子耿耿於懷，因此想要來問個究竟。當然，賀川將訊息透露給敦子，以某個意義來說，應該是違反規定的。但賀川似乎相信敦子，將她視為辦案協助者，提供給她許多內幕消息。

賀川在電話中說，片倉勢子與春子，有可能**事前就知道**宇野是連續殺人案的凶手。大前天會面的時候，敦子和賀川才共同確認她們不可能事先知情，因此這是相當大的轉變。

改變想法的理由是，警方得到證詞，說送刀去磨刀師那裡的不是宇野，而是勢子或春子。

賀川認為，短期間內多次將同一把刀送去打磨，顯然很不對勁，而且既然會送去請人維修，應該也知道損傷的理由。

還有另一層。

春子的母親勢子行蹤不明。

勢子從醫院被帶去警署，做完筆錄後，回家換了一次衣服。鄰居保田達枝應該就是在這時候目擊到勢子。後來勢子似乎去警署報到過幾次，反覆接受偵訊，但現在卻聯絡不上了。

目前勢子並非嫌疑犯，卻是重要證人，也是唯一的被害者家屬，所以行政程序都卡住無法進行，相當困擾。

因此春子驗屍結束後的遺體，現在還在警署的停屍間。

在這樣的狀況中，賀川開始懷疑起宇野來了。

當然，是懷疑他**並非**凶手。

高層似乎想要快點移送檢調結束這件事，但嬌小的刑警正一個人力挽狂瀾。正義之士內心的疑問逐漸膨脹。賀川好像完全是孤軍奮鬥，對完全派不上用場的敦子說「支持我的就只有妳了」。

後來敦子依約到兒童屋和美由紀會合，討論之後，一起拜訪這名磨刀師的住處。美由紀好像向校方謊稱家裡有事，早退了。蹺課不值得鼓勵，但美由紀說本來就沒有課。

賀川忠告說很危險，叫敦子絕對不要去磨刀師的家。

賀川似乎懷疑這名老人才是真兇。刑警開始認為，宇野是在包庇對他有大恩的大垣。

但即使真是如此，昨晚聽到鳥口報告後，敦子也好奇萬分。

所以她無論如何都想確認一下。

據說收購了奪走片倉柳子性命的日本刀的，是一名長年尋覓那把刀、姓大垣的磨刀師。與那把刀有相同稱呼的日本刀，後來奪走了片倉靜子的性命。

那就是……

「鬼刀是指什麼？」

美由紀突然說。

大垣痙攣似地回過頭來。

「請告訴我，什麼叫鬼刀？殺死春子學姊的刀，也是那把鬼刀嗎？如果您知道的話，請告訴我。聽到答案我就走。」

「妳……」

大垣僵了好半晌，接著摘下眼鏡。

「妳剛才說什麼？」

磨刀師用手巾抹了抹臉。

「我知道的。春子學姊的姑姑靜子，十八年前被鬼刀砍死了，對吧？然後六十二年前，她的姑婆柳子，一樣被鬼刀砍死了，不是嗎？買下那把刀的……」

「那個人……」

大垣的臉更僵硬了。

一陣沉默之後，大垣說「不是我」。

「妳想想看，六十二年前的話，我才八歲上下，只是個小毛頭。」

「可是……」

美由紀窮追不捨。

老人正面注視那張臉，最後說「噯，坐吧」。

敦子和美由紀一直杵在脫鞋的地方。

兩人一起在木框邊坐下來，畢竟老人不是請她們進屋。

老人面無表情地交互瞪著美由紀和敦子。

「還是兩個ㄚ頭嘛。」

「我是小ㄚ頭沒錯。」美由紀說，「內在是小ㄚ頭。可是敦子小姐……」

「我說啊……」

老人制止美由紀的話。

「妳們覺得，人為什麼會殺人？」

他的視線對著泥土地。

突如其來的深奧問題，似乎令美由紀一陣錯愕。

敦子沒有回答。因為她知道這個問題不可能回答，也沒有令所有人滿意的回答。

「很簡單，因為人**能夠殺人**。」

聲音低沉、沙啞。

「不管再怎麼恨、再怎麼想殺一個人，如果不動手去殺，就殺不了人。相反地，就算對一個人沒有任何想法，只要動手去殺，人就會死。」

「沒有任何想法，就不會去殺人吧？」

美由紀說，聲音有些顫抖。

「沒這回事。像槍砲，那是怎樣，像這樣一扣扳機，子彈就會射出去，對吧？就算並不想殺人，只要扣下去，子彈就會發射。如果飛出去的方向有人，就會射中，射中要害，就會死了。」

「那是意外。」

「才不是意外。如果是自己爆炸，或許可以算是意外吧。但既然扣了扳機，那就另當別論了。這跟山崩、屋頂塌下來那些，是完全兩回事。」

「可是……」

敦子以手勢制止美由紀。

「好吧，槍砲是射擊武器，所以有時候射出去的方向，會有意想不到的東西。可是啊，小姐。」

老人從他坐的四角木框般的物體內側取出一樣東西來。

是無柄的刀身。

很短。是護身用的腰刀嗎？

磨刀師將刀刃放到雙手上，以熟練的動作將之轉過半圈，刀尖對準了這裡。

敦子的身體緊繃起來。

「害怕嗎？」

她答不出話。

「當然怕了。這傢伙能割人，也能刺人。不管是被割到還是刺到，都很痛的。會流血，弄個不好還會死掉。聽清楚了，刀是殺人的工具。除了殺人以外，沒有別的用途了。身上帶著刀，就意味著能夠殺人。」

磨刀師放下刀身。

「這跟射擊武器不一樣，不會不小心把人殺了。」

老師傅說道，眼睛瞪著虛空。

「我呢，會把刀子磨得鋒利。因為我是工匠。也有許多人看見磨得鋒利的刀子，覺得賞心悅目。但刀並不是美術品。是把鋼鐵搥打在一起，千錘百鍊，讓它具有殺傷力，再打磨鋒利，讓它能夠劈砍。只是結果看起來美罷了，並不是為了讓它變美而錘鍊、砥礪的，這一切都是為了劈砍。那是要砍什麼？當然不是白蘿蔔紅蘿蔔，也不是米袋。刀……」

就是拿來砍人的。

「劍術家賣弄什麼劍道、精神，但那又是另一回事了。劍道、精神那一套，就是因為如果沒有夠堅強的心志——**手上有能殺人的工具卻不殺人**——就會忍不住殺人吧。所以也才會出現什麼道。可是不管擁有再崇高的心志、刀握在多了不起的人手裡，這刀子、刀劍本身，就是殺人的工具。為了殺人而打造、為了殺人而使用的這刀子，就是殺人的工具。」

語氣壓抑，但老人的話從意義上來看，暴戾非常。

「所以了，我做的這行當，總是在幫助殺人。研磨刀子，讓刀子變得更鋒利，能切石如灰、削鐵如泥。不過要砍的是人。不，就算拿刀的人不拔刀，刀一樣是為了砍人而打磨的。要拿來裝飾、砍米袋還是砍狗，都是物主的自由。不過……」

不管怎麼說，刀就是磨來砍人的——大垣說：

「聽清楚了，好像也有人說什麼刀是拿來護身的夢話，但所謂護身，意思就是反擊吧？一樣是殺傷對方。武具可不是用來護身的。護身的叫防具。防具殺不了人吧？如果不想戰鬥，就不要拿武器。拿了武器，就表示要戰鬥。而手上拿著刀……」

就是要殺人。

「所以都說攻擊是最大的防御，但攻擊就是攻擊，沒有先後可言。武器就是這樣的東西，就是為了殺人而存在。」

沒有其他用途——老人說：

「因為沒有其他用途，只好不去用它。那些窮究所謂劍道的人士，是明明能殺卻不殺，所以才了不起吧。持有能輕易殺人的工具，也有純熟的運用本領，但他們不用，對吧？這種厲害的人，比工具更要強大。能用卻不去用，是件難事。就是能做到這一點，所以才了不起吧。可是啊，人這種生物沒那麼了不起，也沒那麼強大。大部分的人，都會敗給手上的工具。」

會忍不住想要殺。

「至於為什麼，因為辦得到啊。因為殺得了啊。拿到剪刀，就會想剪紙，拿到榔頭，就會想敲敲看，對吧？工具讓人想要用它，就是這樣的吧？我說過好幾遍了，刀的用途就只有一個。所以用刀，就是砍人。用刀砍人就會死。所以刀……才可怕啊。」

「就算是這樣……」

就算是這樣，也不能歸咎於刀子吧？美由紀說：

「沒這個道理吧？對不對，敦子小姐？因為這……」

「我不是在說那個。」老人說，「傷了人，殺了人，當然是那個人的罪。」

「那……」

「我是在說，如果這世上沒有日本刀，那傢伙還會傷人嗎？還會殺人嗎？」

美由紀沉默了。

「沒錯，就算赤手空拳、手無寸鐵，還是有辦法施暴。可是啊，如果這世上沒有武器這東西，光是這樣，就能少掉一大堆傷人的和受傷的了。如果沒有刀，就沒辦法砍人了。所以我研磨的這玩意兒，是殺意。」

老人的眉間刻畫著深深的皺紋。

「所以了，小姐，只要是刀，每一把都是魔劍，全都是妖刀。拿到刀子的人，就一定會想砍人。除非拿刀的人比刀更強，或是弱到沒法用那把刀，否則對這些人以外的人來說，什麼刀都是魔性的工具。如果刀是鈍的還好。就算拿來砍人，也砍不出什麼傷。但鋒利的刀，研磨得雪亮的刀……」

就是會殺人——老人說完，放下刀刃沉默了。

然後磨刀師從水盆裡掬了一些水澆在磨刀石上，接下來便深深垂下頭去。

是在為什麼後悔嗎？或是認命？敦子覺得都不是。

是接近畏懼、祈禱這一類的沉默。

「鬼刀啊……」

老人喃喃說道，美由紀有了反應。

「刀有時會讓人變成鬼，但如果鬼拿到刀，會怎麼樣？」

「咦？」

「鬼能做出人做不到的事。是某些地方超越了人的東西。而刀有時會讓人變得不是人。因為不是人，才有辦法砍人。可是，如果原本就超越人的鬼拿到了刀……」

說到這裡，老人大大地嘆了一口氣。

接著轉向裡面的房間，片刻之間一動不動。

「買下那把刀的是我爸，大垣彌助。」

老人說道，「那時候我還是個小毛頭。我爸也才三十五。那是……」

「明治二十五年。」敦子說。

「妳說是就是吧。聽說我爸是安政（註一）年間出生的，明治維新的時候十歲還是十一歲。」

說到九十六年前，居然是江戶時代嗎？敦子為這理所當然的事實興起感慨。

「他是武州（註二）的日野人。我爺爺也是磨刀師，不過是賣武具的。那一帶有八王子千人同心（註三），連農民也自稱鄉士，自以為武士，所以雖然是鄉下地方，但生意似乎不錯。對了，妳們知道新選組嗎？」大垣問。

「鞍馬天狗的敵人，對吧？」美由紀說。

註一：安政為江戶時代的年號，一八五四—一八六〇。

註二：即武藏國，日本古時行政區名，為現今東京都、埼玉縣的大部分，以及神奈川縣東北。

註三：八王子千人同心為江戶時代的鄉士集團，成員來自八王子的周邊農村，負責江戶的防衛工作。

大垣嗤之以鼻，「妳居然讀那麼老的小說？」

「我在電影上看到的。」

「我不看那種東西。新選組就是幕府那邊的殺人凶手吧？」

敦子不清楚新選組在歷史上的定位。

但是對於在京都成長的敦子來說，新選組就像大垣說的，只是一群殺人的無賴集團。也許是因為他們的屯所位在壬生，現在仍被蔑稱為壬生狼，備受忌諱。

「可是啊，在武州不是這麼看的。因為不管是局長近藤勇，還是副長土方歲三，都是武州人。農民出身，卻有資格謁見將軍的人，難得一見。應該就只有近藤勇一個吧。所以他在故鄉，人人愛戴，是飛黃騰達的大劍豪。然後，土方家是富農，親戚是日野宿的村長。這名村長喜好劍術，應該也富有人望。好像還組了叫春日隊的農民軍隊，聽說我爺爺也受到諸多照顧。」

大垣又望向裡面的房間。

「不過，新選組在戊辰之戰（註）大敗，近藤勇也被斬首了。聽說我爺爺還特地跑到板橋去看。」

「去看斬首嗎？」

「是啊。在那個時代，斬首是一種表演。用現代的說法，就是公開處刑。聽說那時候還小的我爸也被帶去了，他才十歲出頭而已呢。不過聽說人山人海，擠到什麼都看不見。那天好像還有竊賊之類的梟首示眾，所以人潮特別多。不管被捧成多厲害的英雄豪傑，最後也是淪為罪人，跟個小賊一起被砍頭。變成人渣的同類，是一等一的匪類惡徒。正所謂勝者為王，敗者為寇。」

用來砍頭的也是刀——老人說：

「說本來以為會把砍下來的頭示眾，沒想到一下子就拎去別的地方了，我爸沒能看到近藤勇長什麼樣。」

敦子聽說近藤勇的首級被送到京都，放在三條河原示眾。

「這和新選組……有什麼關係嗎？」

大垣沒有回答，反而說：

「一般來說，首領死了就結束了，但新選組卻沒有完。他們明明一敗塗地，首領都被砍頭了，但據說他們還是陰魂不散，不肯解散。我不是說殘黨、新生新選組那些的，雖然好像有過幾次離合聚散，但最後他們加入幕府的軍隊，北上去了，對吧？」

「雖然成立當時的成員似乎都不在了……舊幕府軍從日光朝會津逐漸北上，轉移戰場，最後搭乘榎

註：戊辰戰爭為一八六八年一月至隔年五月，維新政府軍與舊幕府派之間發生的一連串內戰的總稱，中間歷經鳥羽・伏見之戰、上野彰義隊之戰、會津戰爭、箱館戰爭，內戰終結後，幕藩體制徹底瓦解，確立了明治國家體制。

本武揚奪取的軍艦，前往北海道了，不是嗎？是箱館戰爭吧？」

「是蝦夷（註二）。」大垣說，「新選組的副長跑到蝦夷地去了。」

「是……土方歲三嗎？」

「沒錯，鬼副長土方歲三。」

「鬼副長？」

「就是鬼啊。」磨刀師強調說。「至於為什麼是鬼、哪裡像鬼，我完全不懂。畢竟是明治維新前就已經死掉的人，所以那個叫土方的是什麼樣的傢伙，我完全不知道，也不想知道，只是他的事自個兒傳進我的耳朵裡。有人讚揚他，也有人貶低他，不過無論是褒他還是貶他的人，都一樣說他……是鬼。」

「然後，那個鬼去了蝦夷，死在蝦夷，對吧？」

「似乎是。」敦子答道。

「我爸買下的就是土方歲三的刀。」

「所以才說是鬼刀嗎？」美由紀驚訝地輕呼，「怎麼會……」

老人淡淡地笑了。

「噯，先聽完吧。說來話長啊。」

老人說是往事了，是老人出生前更久以前的事。

「都是聽來的。幕府瓦解的時候，我爺爺還在日野。箱館戰爭結束後過了一段時間，聽說已經入夏了，日野的村長——據說是土方的姊夫，他資助新選組，也供應武器。我爺爺是賣武具的，所以也多方協助。有一次，一個髒兮兮的乞丐拜訪那個村長的家。仔細一看，人還很年輕。那小子自稱龜太郎，說是從箱館倖存回來的敗將殘兵。」

如果是年齡和地位都很低微的步卒，投降後也有可能未受囚禁，獲得赦免吧，敦子這麼說。

「我不懂複雜的事情，我只是說出我聽到的，事實怎麼樣我不知道。聽說這個龜太郎帶著土方留下的文件，還有遺髮什麼的，是送這些回來的。遠路迢迢，特地把死在形同異國的土地的親人遺物送回來，很令人感激，對吧？所以村長暫時收留龜太郎，照顧他的生活。我好像也見過他幾次。然後，這個龜太郎……」

大垣整個身體轉向敦子二人。

「說土方歲三過世不久前，讓一名叫市村的小姓（註二）從箱館逃了出來。當時土方將兩把刀，還有

註一：明治時代以前，稱北海道、樺太和千島為蝦夷地。

註二：小姓是江戶時代照顧武將身邊各種雜務的武士。

他在箱館拍的照片交給了市村。土方嚴命市村一定要活下來，去找他日野的姊夫。龜太郎說他那時候剛好人在五稜郭的走廊還是哪裡，不小心聽到的。他說土方大聲吼叫，命令市村去日野。」

「那個叫市村的人……」

「聽說上了船，所以最遲也應該在兩個月前就抵達橫濱了才對。龜太郎逃出箱館，是戰敗以後的事，所以抵達日野的時候，都已經是盛夏時節了，所以這事實在蹊蹺。市村是迷路了、還是遇上事故，總之是出了什麼事。所以我的爺爺跑去東京找人。」

真是個好事之徒吶——老人懶散地說：

「我爺爺好像因為做生意的關係，頻繁前往東京，但那時候還特地跑去橫濱調查。據龜太郎說，市村離開五稜郭，是陰曆四月中旬的事，在官軍發動總攻擊前。那時候的戰爭，和上一場大戰相比，應該悠哉得很吧，但總攻擊的時候，商船還是無法進出。所以如果是搭船逃離的話，時間點應該是那時候。」

「總攻擊應該是四月底到五月那段時間。」

「就是吧？如果陰曆四月從箱館出發，應該在陰曆五月前就到橫濱了才對。他這麼估計，四處打聽，發現有艘外國蒸氣船在陰曆四月底偷偷載了個小姓進港。」

真是鍥而不捨吶——老人語帶嘲笑地說：

「據我爸說，那時候的我爺爺，感覺有些嚇人。我爺爺查出東京有家叫大東屋的商家跟那艘外國船有交易，折回東京逼問那名小姓的下落。結果對方說，確實舊曆五月初，有個叫市村某某的小子來過，宣稱是土方歲三的遺物，拿出一些寫了字的零碎紙張要賣，但那時候土方歲三……人還沒死。」

「卻說是遺物嗎？」

「箱館總攻擊是舊曆五月十一日，土方也是那天過世的，接到他戰死的消息，是更久以後的事。所以大東屋懷疑那名小姓是在詐。」

大垣嘴角往下垮去，他在笑。

「可是啊，那個市村從箱館搭蒸氣船過來這件事錯不了。而且字條上也有像是土方的簽名，所以或許是真的。因此大東屋在不清楚是真是假的狀況下，總之先買了下來，付錢給他。雖然市村埋怨錢太少。」

「感覺好差喔。」美由紀說。

「沒錯，相當可疑。緊接著大東屋好像收到土方本人的信。信上要求把交給市村某某的東西全部換錢給他，所以似乎不盡然全是謊言，但根本沒什麼值錢貨。去找大東屋的市村沒帶什麼刀子。喔，我爺爺去到大東屋的時候，已經接到土方戰死的消息，他把那些廢紙什麼的全部買下來，說要帶回老家，看看是真是假，但沒有龜太郎說的兩把刀和照片。」

聽說八成是在橫濱拿去典當了——老人自嘲地接著說：

「聽說市村雖然是個敗逃武士，穿戴得卻挺人模人樣的。褪下了軍裝，衣著也很整潔，和一路跋涉到日野的龜太郎是天壤之別。應該是在橫濱弄到了全套衣裳吧。可是賊軍的小姓不可能有錢，既然如此……」

「那麼，那家當鋪，呃……」

敦子翻開記事本，但上面只寫了凶手依田的名字。

「我爺爺當然又去了橫濱村，到處找當鋪打探。大東屋好像說了當鋪名字，但似乎不是那裡。結果沒有找到。市村也下落不明。我爺爺好像一直沒有死心，但雖然聽到市村回鄉、參加西南之役這些風聲，但實在也沒那個空閒跑去那些地方確定吧。刀和照片都沒有找到。」

依田的親戚收掉當鋪，在上野開了舊衣鋪。改行的時期不清楚，但如果收購市村某人的刀以後，立刻離開了橫濱，也難怪會找不到吧。

「然後……我爺爺一直到死，都對這件事很不甘心。我說妳們，妳們知道為什麼我姓大垣嗎？」

老人不知為何，露出戲謔的表情來。

「進入明治以後，平民也可以有姓氏了，不過可不是叫人取個全新的姓。就算是農民，也是有姓的，只是不能拿出來用而已。土方家也不是士族。近藤也是，聽說原本姓宮川。當然，沒有姓的人好像是取個新的姓，我們家本來就有姓，但登記的時候，卻是登記成大垣。」

「這是為什麼？」

「市村……名字是叫鐵之助嗎？那個小姓本來是美濃（註）大垣藩藩士的兒子。」

「大垣的姓……就是從這裡來的？」

「沒錯。如果市村回故鄉了，人應該就在那裡，總有一天一定要去找他，弄清楚這件事，刀子或許已經賣掉了，但照片或許還帶著——就是這麼回事。聽說我爺爺交代睡在那兒的我爸，說死後你也要繼承我這份遺志，為了讓子子孫孫銘記在心，要用大垣當我們的姓氏。」

完全就是執念——老人說：

「或許已經瘋了吧。這種事有什麼好執著的？就連土方家都沒這麼在乎吧。事實上，我就聽說有其他地方找到了照片，交給了土方家。所以後來我爸說，我爺爺或許神經出了毛病吧。但小時候的我哪懂這種事，一心只覺得就該這麼做，在這樣的觀念中長大。」

老人凹陷的眼睛一片沉鬱。

「我會對這種雞毛蒜皮、無關緊要的事這樣如數家珍，也是因為從小就聽我爺爺、我爸說個不停。

註：日本舊國名，相當於現今岐阜縣的中部與南部。

我爺爺在明治二十五年春天過世……」

那時我七歲還八歲——老人說。

是片倉柳子遇害那年。

「執念這東西，還是會把人變成鬼。失了常度，就會招來人做不到的事。我爺爺剛過完年就中風去世了，但沒有幾天，日本橋的藝者就被人殺了。當時殺人的凶器日本刀，被送去寺院供養祭拜，不過這事也太荒謬了。」

「怎麼說呢？」

「廢話嘛。刀子原本就是用來斬斷邪氣的。不管砍了再多人，刀子本身也不會染上污穢。」

老人粗聲粗氣起來。

「不管是魔劍還是妖刀，都是一樣的。刀會讓拿刀的人變成鬼，但砍人後收回來的刀也會斬鬼。千錘百鍊的鋼鐵是不會污穢的。刀會沾上油脂，但會反彈鮮血，絕不會滲透。刀不是鮮血能污損的。除非折斷，否則只要研磨，就能去除污垢。刀可以獻給寺院神社，但從沒聽過要寺院神社供養刀子的。寺院才不會供養刀子，所以被拜託的寺院也不知所措，要對方先把沾上血脂的刀子打磨過。這差事……找上我爸這兒來了。」

「是巧合嗎？」

「我哪知道？」老人說，「那個時候我們已經住在這一帶了。爺爺病倒，武具行關了，我爸專營磨刀。我不知道是因為怎樣的經過而接下的。」

應該是巧合吧——老人說：

「這種事不是能操縱的。再怎麼想要，也不是就能如願的。只能說是因緣際會。不，這完全就是命中注定。砍了藝者的刀只有一把，但和尚送來的刀卻是兩把。而且……還附了照片。上面是個穿西服的男子，背面寫著『使者敬託關照　義豐』。義豐——是土方歲三的諱。」

確實是命中注定。

沒有其他解釋了。要說因緣，這才是因緣吧。

「我爸當時的表情，我到現在都還記得一清二楚。兩眼暴睜，鼻翼撐大，整張臉脹得通紅。他氣喘如牛，好一陣子吼著莫名其妙的話，沒多久就衝到佛壇去，拚命敲鈴。我跟我媽兩個人張大嘴巴看著，心想我爸終於瘋了嗎？」

「那……真的是土方歲三的刀呢。」

「真的是。一把是十一代和泉守兼定，另一把沒有銘刻。砍了藝者的是無銘的那把。我爸別說收磨刀錢了，還砸大錢把刀買了下來。所以根本沒送去寺院供養。對方也不可能有意見，畢竟不僅可以擺脫麻煩，還有一筆錢可拿。」

鬼刀……

「我爸買下刀子，暫時供奉在佛壇，早晚膜拜，然後那年秋天，把兼定和照片送去日野的村長家還是土方家去了。日野那裡好像也聽說了土方歲三的佩刀是兼定這件事，但無銘的那把，無法確定是否真的是土方的遺物。說土方把兩把刀託給市村這事，是只有龜太郎一個人的說法，就算是真的，也不知道是不是那把刀，所以那把無銘的刀……暫時就放在家裡。」

然後——大垣喜一郎說道，重新坐正，再次從頭到尾把美由紀和敦子細看了一遍，就像在打量她們。

「到這裡呢，唔，就是也有這麼一件事，但是接下來……」

就是因緣了……

「我覺得光是這樣就十足因緣巧合了。」美由紀說。

「不是。要是這樣就結束了，那就是我爺爺，一個神經出問題的老頭子的執念招來的結果。管它是因緣還是巧合，反正就是有這種事的。如此罷了，不過不是這樣的。」

是陽光的角度使然嗎？

磨刀師的臉色真的一眨眼就沉了下去。

「我十五歲的時候，我拜我爸為師第五年，我媽在前一年過世了，我和我爸兩個人住。這時有個女人上門來了。五十開外，但風韻猶存，我覺得是藝者之類的身分，結果不是。那女人是被殺的藝者的母親，叫涼。」

「啊！」

美由紀驚呼，她應該想到了。

「難道……涼女士和土方先生……」

美由紀說到一半，老人打斷她「不是那種男女之事」。

「可是，我聽說那位涼女士說她愛上了鬼。鬼是那個叫土方的人吧？然後在天涯海角被官軍槍擊，險些喪命……這裡說的天涯海角，不就是北海道嗎？」

「就說不是那種**天真**的情節。」磨刀師說，「涼女士或許愛慕著那個叫土方的傢伙吧。因為她說當時她都還留戀著他。我是聽她本人親口說的，可不是從我爺爺還是我爸那裡聽來的。」

是我自個兒的記憶。

「涼女士說她父親做刀劍買賣，不過好像是個很糟糕的父親。脾氣暴躁，又是個大醋桶，動不動就拳打腳踢，最後甚至用賣的刀子砍死老婆，殺了人之後突然怕了起來，自己一索子吊死了。涼女士說，當時她是個還不懂事的小女孩，眼睜睜看著母親被砍死，砍死母親的父親在眼前上吊，卻懵懵懂懂，好幾天就這樣盯著屍體看。」

確實太慘了。

這根本不是什麼殉情。

「然後，她說小時候的她想著上吊好髒，橫豎都要死的話，想要被砍死。」

「被砍死？」

「我不懂那種想法。首先，我根本不會想死。雖然有朝一日總是要死的。」

老人按住自個兒的頸脖。

「可是，在年紀那麼小的時候，看著父母淒慘的屍體過上好幾天的話，或許也是會有那樣的感受吧……我這麼想。不過，上門來的涼女士看起來也不像那種神經有問題的女人。後來她被同行的片倉屋——現在的片倉刀劍鋪收養，在那裡長到十二還是十三歲的年紀，後來賣身到置屋了。她說她把自己賣了，把賣的錢全部交給片倉屋，只要了一把刀，就這樣走了。」

「那是……」

「不是。」

大垣當下否定。

「涼女士帶走的刀，是二代和泉守兼定——俗稱之定的銘刀。」

「不是一樣嗎？土方的刀也是一樣的名字吧？」

美由紀說。

不，即使刀銘相同，代也不同。

「市村拿來的是十一代，是會津兼定。十一代也是把好刀，但會津兼定是江戶末期的刀工了。涼女士帶走的之定是關兼定，是室町的刀匠，其中之定也獨樹一格，是美濃首屈一指的名匠。在江戶那時候，好像甚至被稱為千兩兼定。現在價格也高到令人咂舌，而且極為鋒利。」

真想磨磨看——磨刀師說。

「那位涼女士為什麼要帶走那把刀？是為了窮途末路的時候可以變賣嗎？」

既然身價千兩，那麼果然是為了錢嗎？

老人看向敦子。

「不是，那把刀……」

是砍死涼女士的母親的刀……

「咦？」

「涼女士說……如果可能，希望自己也被這把刀砍死。」

「這……」

「所以說我不懂。我是不懂，不過也是有這種事吧。人心的黑暗……」

比想像中的更要深刻啊。

敦子感到一絲寒意。

「她說父親的死相髒得令人作嘔，但母親的死相美得令人著迷。嗳，我是聽說過吊死鬼的死相有多難看，應該就是吧。」

「她說所以她才會覺得既然都要死，想要死在刀下嗎？」

「就是這樣吧。然後……涼女士一直在尋找能用那把砍死母親的刀砍死自己的人。最後她終於找到了。」

那就是土方歲三。

「涼女士說，那不是人。」

「是……鬼嗎？」

「我怎麼知道？」老人說，「要我說多少遍？我不認識那個叫土方的傢伙，也沒見過他。不過世人都說他是鬼，那他應該就是鬼吧。可是，土方沒有砍死涼女士。」

「一般人才不會這麼做。」美由紀說，「我覺得就算拜託，也不會有人這麼做。難道以前有嗎？」

「以前跟現在都不會有人這麼做吧。」老人答道，「不過既然是鬼，應該不是一般人。但涼女士說土方沒有砍死她。至於為什麼沒有動手，這我就真的不知道了。涼女士說她把之定送給了土方，但後來鬼去了京都，成了新選組的副長。涼女士好像也跟了過去，但不管跟到哪裡，願望都沒能實現，她不斷跟著北上，終於跑到箱館去了；結果土方死了。」

我是不知道兩人之間有有過什麼——大垣再次說：

「不過，應該跟兩位小姐所想的情啊愛的有些不同。不，或許一樣，但對方是鬼，然後兩人之間有刀，就算是相同的感情，也沒法有相同的發展。」

是魔性的情愛啊——老人聲音沙啞地說：

「雖然我不懂鬼有沒有情愛就是了。送給土方的之定聽說在前往會津的途中折斷了。至於十一代兼定，涼女士說應該是有人賜贈的。」

「請等一下。」敦子打斷他，「那位涼女士來找大垣先生做什麼？」

大垣露出極悲傷的眼神。

「她叫我把刀讓給她。」

「讓給她？」

「就是，她要我把**砍死她女兒的刀**讓給她。她這麼要求。她說她和砍死母親的刀活了大半輩子，那把刀送給鬼了，這次她想要砍死女兒的鬼刀。她一定是……」

不這樣就過不下去吧。

刀很可怕。

非常可怕。

或許就是這樣的。

「所以才會說是因緣。這已經不是我爺爺的執念了。不是瘋老頭子的妄想可以解釋的，那是更深的因、更廣的緣。完全就是因緣，鬼的因緣，難道不是嗎？」

這……果然還是巧合。

但這樣的巧合，就叫做因緣。這一點錯不了。

「我爸把刀給她了。我不懂我爸在想什麼。可是我爺爺也死了，另一把刀也歸鄉了，只剩下那把刀留在這裡也沒用吧。留著也沒意義。涼女士說要付錢，但我爸拒絕了。涼女士把之定送給了土方，輾轉曲折，回來的是一把無銘的刀。想想其中的差額，等於是我們所費不貲。涼女士她得到刀子以後，沒多久就過世了。只剩下刀……留在片倉家。」

那把刀。

「片倉家由涼女士的兒子利藏先生繼承了。利藏這名字雖然字不同，但也許是來自土方（註），或許這才是巧合，但我沒有聽說究竟是怎樣。利藏先生人很隨和，年紀比我大上一輪，但說我們有緣，特別關照我，也常給我工作，但利藏先生一直留著砍死妹妹的那把刀。因為是無銘的刀，所以賣不掉，還是不肯賣……」

我一直都忘了——老人喃喃，又說了一次「真的早就忘了」。

「我爸應該也都忘了。人的這種妄念，我以為只要人死了，用不著幾年就會消失殆盡。不管再怎麼強烈，一樣會被時間沖淡。可是……」

刀能保存上百年——磨刀師語氣嚴峻地說：

「就算是古早以前的刀，只要妥善保管和保養，一樣鋒利。永遠都能那麼鋒利。如果不利了，打磨就行了。永遠都能砍，多少人……」

都能砍。

「妳們猜的沒錯，殺死利藏先生第二個妻子的女兒靜子的刀，就是我爺爺一直在找，被我爸找到，

註：利藏與土方的日文發音相同，皆為toshizo。

送給了涼女士，有可能是土方歲三用過的刀。那不是商品，所以應該擺在壁龕之類的地方吧。」

刀子不是特地拿出來，而是一直擺在外面嗎？

「小偷用它殺了靜子，這也是巧合吧。歹徒並非特別想用那把刀，也沒有人拜託他用那把刀殺人，所以才叫因緣。刀……」

非常可怕的。

「如果那不是刀，根本就不會出現這樣的因緣。」

老人敲了一下水盆邊緣。

水濺了起來。

「請人像母親一樣殺了她、砍了她的涼女士，結果沒有被任何人砍殺，然而她的女兒和孫女卻被刀砍死了。世上哪有這樣的因緣？聽好了，幾年前，某本雜誌刊登了一篇文章，提到一把會讓得到它的人瘋狂的妖刀。我是沒有讀，是有人告訴我的。」

「好像有這篇文章。」敦子應道。

「但根本不是那麼回事。」大垣再敲了一下水盆，「不是那樣的。要說會讓拿到的人瘋狂，每一把刀都是。我剛才也說過，刀就是這樣的東西，可是不是的。就像小姐說的，就算是這樣，殺人的也不是刀，而是人。所以受罰的是人。天經地義。可是啊，就算凶手落網、受罰，因緣還是會留下。只要刀還在，因緣就在。這樣的因緣……非斬斷不可。非斷絕不可。」

「您是說，這次的試刀手事件也是如此嗎？」

老人沉默。

「那麼，為何您要打磨那把刀？就是因為大垣先生打磨，讓它恢復鋒利，罪行才會一再上演，不是嗎？以結果來說，春子同學也被殺了，這表示因緣還在持續，不是嗎？這次不就是大垣先生招來這可怕的因緣的嗎？」

大垣再次背過臉去，說了聲「不」。

「不對。」

「哪裡不對？」

「因緣已經斷了。」

「這……」

確實，世上已經沒有涼的血親了。春子是最後一人。

「跟血緣無關吧？大垣先生您自己不是說了嗎？重點是刀子，刀還在啊。如果警方把刀歸還給您，您又要打磨它嗎？」

「跟妳們無關。」老人說，「能說的我都說了。我說得太多了。我平常不是這麼多話的。妳們走吧，妳們已經懂了吧？」

「不懂。」敦子說，「您說的話我理解了。我認為整件事可以說是曲折離奇。但是，問題是現在發生的事件。有什麼事正在發生？發生了什麼事？春子同學為什麼被殺了？我們只是想要知道這些。」

「我怎麼會知道答案？」

「大垣先生，這位吳同學是春子同學的好朋友，她打從心底為春子同學的死哀悼。您還知道更多事，對吧？」

「我不知道。我只顧磨我的刀。為什麼磨刀？因為有人委託。我只有這個答案。」

「那把刀是殺死靜子小姐的刀吧？」

「對。刀柄外觀整個換過了，不過就是那把刀。我不可能忘記。所以又怎樣？刀……就是刀。」

不可能忘記嗎？

老人說涼把刀子交給他時，他才十五、六歲，應該還只是個學徒，不可能讓他打磨這把大有來頭的刀。當時是父親彌助磨的。

這樣的話……

「您說您記得的話……代表十八年前的事件之後，也是您親自研磨那把刀的吧？殺死靜子小姐的刀。」

「是我磨的，所以怎樣？」磨刀師簡短地回答，「要我說幾次才懂？我是磨刀師，只要有人拜託，什麼樣的刀我都磨。聽清楚了，我再說一次，刀身或許會髒、會損傷，但絕對不會汙穢。因為刀本身就是祓除汙穢、斬斷汙穢之物。那個時候，利藏先生來拜託我清除刀上女兒的血汙，所以我真心誠意地打磨了。那把刀也就像是涼女士的遺物。」

「鬼的因緣……是不是就這樣被保存下來了？」

「因緣這東西，不是我這種人能左右的，不是人能夠插手的。確實，磨刀就像是在協助殺人。這我也說過了吧。我做的這行就是這樣的。遇到損傷的刀，就打磨、保養，多少次都一樣。」

一次又一次。

多少次都一樣。

——原來如此。

假設凶手是宇野。

為何宇野**不斷使用同一把刀**？

片倉是刀劍鋪，應該有好幾把日本刀。只要砍了人，刀子就會損傷，但就算不送去打磨，只是拭去血跡，稍微保養，應該還是可以矇混過關。或許會減損其鋒利度——不，如果換把刀，即使短期間內送多把刀去打磨，引起懷疑的可能性也會大幅降低才對。如果在四個月內的短期間內多次行凶，不斷換刀才是聰明的做法。

是有什麼執著於那把刀的理由嗎？

敦子思考。

說起來……

為何會**挑在這種地方**行凶？

宇野平日的活動範圍都是下谷的公寓，或是片倉刀劍鋪。在自己的生活圈內多次行凶，風險應該頗大，但為什麼會選擇世田谷？

是不是因為接近這名磨刀師的家？

不，不光是這樣，是因為……

原來如此。

刀子根本**沒有送回**片倉刀劍鋪。

磨好領回之後就殺人，殺完人便直接送過來研磨……是不是這樣？

既然如此。

就不必像賀川所提出的疑問，冒著風險帶著日本刀搭電車了。不過……

——憲一不會來這裡。

送刀來磨的不是宇野。

敦子看老人。

「您……是在包庇誰嗎？」

「包庇？妳說我？為什麼？我才沒那麼好心腸，也沒欠誰恩情。我才不會包庇什麼人。」

「宇野先生已經自白了，他說全是他幹的。」

「那就是吧。」

「您們一起住了很久吧？宇野先生是那種會隨便找人下手殺害的人嗎？」

「我哪知道？我懂刀劍的狀況，但可沒有看人的眼光。我爸也是一樣。連我兒子都受不了搬出去了，咱們父子都不是什麼好東西吧。就算一起住過，也不是就能懂什麼。如果他說是他幹的，那就是吧。」

敦子環顧屋內。

尋找宇野在這裡生活過的痕跡。

大垣喜一郎應該是個好人。

敦子這麼感覺。

她認為大垣對宇野也頗為關心——即使現在也一樣。如果老人替宇野說話，那另當別論，但他說的卻又截然相反。

他在隱瞞什麼嗎？

「大垣先生。」敦子說了，「除非宇野先生被診斷出精神或神經方面的疾病，否則非常有可能被判處極刑。畢竟他傷了三個無辜的人，殺死了四個人。」

「死刑嗎？」老人說，重重地嘆了一口氣，「跟近藤勇一樣，是一等一的匪類惡徒。」

「這樣好嗎？」

「好什麼？憲一想要被判死刑的話，那……」

「喜一郎先生。」

冷不防地……

裡面的房間門打開了。

門內站著一個像幽魂般憔悴的和服婦人。

「啊……」

美由紀跳起來似地站了起來。

「妳是美由紀同學吧？」

「阿、阿姨……」

是……片倉勢子嗎？

敦子也站了起來。

「喜一郎先生，可以了。我不想要憲一被判死刑。」

「勢子女士，可是……」

「無論如何，這樣就結束了。那不就好了嗎？」

「一點都不好。這樣憲一的……」

「殺了春子的人是我。我就是昭和的試刀手。」

片倉勢子說：

「我……要去投案。」

敦子徹底陷入茫然。

5

「我覺得可怕極了。」

片倉勢子說完，垂下頭去。

這裡是玉川署的房間。敦子第一次來訪時的那個房間。

片倉勢子突然從大垣家裡面的房間現身，敦子大吃一驚，但那只不過是地點和時機令人意外罷了。

她的自白內容本身，與敦子預測的幾個真相，差不了太多。儘管尚未看出事件全貌，但舞台上的演員就那麼幾個，選項並不多。

雖然……前提是先不論真假。

勢子說要向警方投案，敦子安撫她，先聯絡了賀川。

雖然感覺沒有逃亡之虞，但為了鄭重起見，敦子留下來，請美由紀去派出所打電話。

這樣比較省事。

賀川在懷疑磨刀師。他事先嚴詞警告敦子不要魯莽地拜訪大垣家。如果不小心說出她人在大垣家，肯定得吃上一頓排頭。

但她沒心情在電話裡聽對方訓話。她料定如果是美由紀，即使不小心說溜嘴，賀川也不會囉嗦什麼。

如果賀川人在警察署……

就說中禪寺敦子說，已經找到下落不明的春子的母親，春子的母親有重要的事情要說，我們現在就把她帶過去……

敦子請美由紀只要轉達這些就行了。

即使勢子突然自首，也只會讓場面陷入混亂。

再說，敦子不認為可以對勢子這番迫切的自白囫圇吞棗。

雖然遲早會對勢子的說詞仔細分析，她也並非過度看輕警方的能力，但她認為首先應該要通知賀川一聲才對。因為這名嬌小的刑警為了釐清真相，非常拚命。

美由紀回來前這段沉默的時間，氣氛極為緊繃。

大垣喜一郎只是盯著片倉勢子看，而勢子低著頭，承受著什麼。

現在勢子依然低著頭。

美由紀懊惱地看著那張側臉。

「哎呀哎呀……」

賀川不停地用雙手擦抹著自己的額頭。

「這實在是，哎呀哎呀，真教人頭大。哪有現在才在說這些的？不不不……」

沒有這樣的啦——賀川窩囊地說：

「中禪寺小姐，妳啊，我不是那樣嚴厲警告，請妳不要去大垣先生那裡了嗎？結果怎樣，妳還是去了吧？」

「對。」敦子坦誠以對。

「妳怎麼就去了呢？」

「我妨礙偵辦了嗎？」

「不不不，以結果來說，妳找到了這個人，把她帶來，所以我也不囉唆什麼了，可是萬一妳被大垣先生一刀砍死，那可怎麼辦？妳跟這姑娘有可能被一刀兩斷呢，對吧？要是那樣，我會有什麼下場？不，我不是在說自己的立場、面子怎樣，跟警察身分也無關，可是那樣一來……就會變成因為我告訴妳，而把妳給害死了，對吧？不好意思，這會造成我一輩子的陰影的。我會後悔一輩子的。雖然妳現在沒事，皆大歡喜啦。」

「真的很抱歉。」敦子行了一禮。

賀川微微鼓起腮幫子，再說了一次「雖然是皆大歡喜啦」。

「好啦，既然妳們沒事，我就不計較了。倒是片倉女士，妳，我問過妳好幾次，但妳從來沒有說過是妳幹的，對吧？」

勢子沒有回答。

「對妳，前前後後我可是偵訊了四次呢。妳從醫院回來後一次，妳回家後三次。等於是妳回家以後，就跑到大垣先生家去，後來就一直躲在那裡吧？那，妳是從大垣先生家過來這裡接受偵訊的嗎？最後兩次是這樣吧？唔，雜誌、報社記者會找到家裡去，妳會想要躲起來，也不是不能理解，但不告訴警方妳的所在，是違反規定的。妳……」

唔……賀川表情扭曲，仰起身子。

「原來如此。也是啦，妳一開始說凶手不是宇野嘛。我告訴妳宇野已經招供的時候……妳的表情很微妙嘛。後來，唔，我們也沒說人就是妳殺的，也沒問是不是妳殺的，所以妳也不算撒謊……倒不如說，如果真是如此，妳就是隱瞞了這件事。我說啊，緘默是權利沒錯，對自己不利的事，不用說出來是沒關係，可是這樣一來，就等於是讓宇野背黑鍋，不是嗎？等於是宇野在包庇妳。還是怎樣，妳以為有人包庇妳，就可以逃過一劫嗎？不，就是不這麼認為，妳才會來這裡呢。所以唔……」

賀川討好似地看向敦子。

「妳有什麼看法，中禪寺小姐？啊，之前那些我就不計較了，我想請教妳身為科學雜誌編輯的意見。」

說到這裡，刑警在意旁人似地左右張望了一下。

「喔，妳沒有讓她直接投案，先聯絡我，真的幫了大忙。要是直接投案，我絕對免不了挨刮說你問案是怎麼問的，眼睛是長在哪裡？」

我到底是怎麼問案的……賀川整個人委靡下去。

「賀川先生，我可以說說我的看法嗎？」敦子開口。

「請說請說。」賀川說。

「假設……相信這位片倉勢子女士的說詞好了，那麼賀川先生感到質疑的身高的問題，就可以某程度獲得解決了。因為這位女士不像宇野先生那麼高。」

「唔……是這樣嗎？」

「然後是凶器的問題。行凶之後，凶器被送去大垣先生那裡維修保養，對吧？大垣先生也作證說他磨過凶器吧？」

「對。」

「可是大垣先生聲稱送刀去磨的不是宇野先生。」

「他是這麼說。他說送刀去的是片倉。」

「他說去領刀的也是片倉，對吧？」

「嗯？啊，妳問過了？唔，既然說宇野沒去，那就是這樣吧。」

「沒錯。」

——憲一沒來這裡。

「宇野先生好像沒有去大垣先生那裡。」

「但就算是這樣，也不能說這個人就是凶手吧？她確實身高很矮，但也只是這樣而已。唔，如果說是她送刀去磨的，那麼這個人就是凶手……要不然也知道凶手是誰嗎？……至少知道自家的刀是凶器……應該是這樣吧。」

「不是這樣，是搬運凶器的問題。」

「搬運？」

「凶案全部都發生在這個玉川署的轄區——駒澤棒球場周圍一帶。但片倉刀劍鋪位在下谷，兩地並不近。不太可能徒步往來，而且帶著日本刀長距離移動很危險，帶著日本刀搭電車更危險。而且刀身是裸露的，對吧？」

「對，太離譜了。就算是木刀，要是直接拿在手上，警察也會叫住盤問，遑論日本刀。要是發現有人帶著日本刀在街上走，警察當然會把人攔下來盤問……啊，原來如此。就算宇野沒辦法，勢子女士的話就辦得到嗎？」

「辦不到。」敦子說。

「辦得到吧，因為她是刀劍商啊。」

「沒錯，片倉勢子女士是刀劍商，做的是刀劍買賣生意，所以我們很容易認為她可以冠冕堂皇地運送日本刀；但就算是這樣，帶著裸露的日本刀行走依然十分惹眼，警察也不會放任這樣的人在街上行走吧？」

「嗯，當然會攔下來盤問吧，又不是臉上寫著刀劍商。不過刀劍商有登記，應該不會有事吧。」

「不可能沒事。」

敦子說，賀川的眉毛垂成了八字形。

「怎麼會？不是有登記證嗎？」

「沒有。」

「什麼？」

「刀劍類和槍械不同，販賣刀劍本身並不需要許可。應該是……每一把刀都附有經教育委員會審查之後發行的登記證。」

「是啊。」

「不是片倉刀劍鋪擁有可以合法持有刀劍的證照，而是刀子本身附有證明這把刀已經登記的證明書，應該是這樣吧？」

「是這樣沒錯，可是……」

「就是這樣。凶器是直接拿出來的，當然不可能附有登記證。刀劍類沒有和登記證同時放在一起，就已經算是非法持有了。」

「是……這樣嗎？」

「應該是。不管是誰持有，只要刀劍沒有附上登記證，就只是單純的凶器。即使能確認這位女士的身分，查明她是刀劍商，並酌情通融，在實際看到那把刀的登記證之前，警察都應該不會放人吧？」

「說的也是。」賀川說。

更基本的問題是……

「如果被警察盤問的時候，刀上沾有血污，就無從抵賴了吧？」

「那當然了。」

「即使收在盒子等容器裡面，連同登記證一起攜帶，要是看到血跡，警察就會調查吧。那麼如果刀子是要拿來犯罪，歹徒在這部分應該會更加謹慎才對。最起碼應該會帶著登記證，如果用布仔細包好，或裝在桐盒裡等等，弄得不會引起懷疑，那還可以理解……我不認為這位女士會不清楚這些。」

敦子看向片倉勢子。

那把刀……不是商品。

當然，即使不是商品，只要持有，就必須登記。

槍炮刀劍類有登記義務，應該是戰後的事。

敦子稍微查了一下。

這個制度的出現，是為了抵抗占領軍的武裝解除政策。GHQ——駐日盟軍總司令部似乎意圖將所有的武器類全面接收報廢，但這類物品當中，也包括了許多在文化歷史上值得保存之物，許多人提出抗議，說連祭祀的御神體、家寶等等都要沒收的話，實在太過火了。簡而言之，這個制度是用來保護、保存具有美術品、古董價值的日本刀等等。

換句話說，性質與公安委員會所認定的槍炮刀劍類許認可並不相同。

槍炮刀劍類許認可，是依據嚴格規範武器之持有、攜帶及使用的〈槍砲刀劍類等所持取締令〉——所謂的〈槍刀令〉而設，對於持有者本身，當然會詳加審查。

相對地，部分日本刀和火繩槍等舊式槍砲不被視為武器，而被當成美術品、古董，因此持有者的資格不受限制。相反地，每一樣都會經過教育委員會的審查，發行登記證。

雖然不清楚細節，但刀劍商販賣的刀，基本上應該是美術品。

不是武器。

大垣說刀不是美術品，但在現今的這個國家，如果不是美術品，就無法持有或販賣。

據說片倉家從江戶時代就一直從事刀劍買賣。戰後，是片倉勢子讓片倉刀劍鋪重新開業的。相關法令全面制定的時期，片倉勢子應該就已經是老闆了。那麼她應該熟知這些規定。辦理登記的人應該也是勢子。

只是……

「宇野先生或許不知道這些。因為他只是個店員。可是，這位女士不可能不清楚。因為一切的手續都是這位勢子女士親手辦理的……」

不過。

商品應該全數登記完畢了吧。

只是，敦子懷疑。

是不是只有那把刀**沒有登記**？

敦子再次望向勢子。

賀川神情嚴峻。

「不，請等一下，中禪寺小姐，這樣的話，把刀帶出去的果然是宇野？確實，這位女士不可能做出那種事嘛。是宇野沒大腦地把刀拿出去……可是又說送刀去磨的是這位女士？可是……不，到底是哪邊？」

賀川交互看著敦子、勢子和美由紀。

「共犯嗎？是妳替宇野收拾善後嗎？」

勢子微微搖頭，「是我……一個人幹的。」

「妳啊，」賀川拍打自己的額頭。

「妳說是宇野擅自拿出那把刀，然後妳用那把刀殺人？不可能有這麼荒唐的事吧。如果妳堅稱妳就是凶手，那麼刀應該就是妳帶出去的。但為什麼留下登記證，只帶了刀出去？教人無法信服。因為……」

「沒有……登記證。」

勢子聲如細蚊地說。

看來敦子猜中了。

「沒有？什麼叫沒有？妳不是做生意的嗎？為什麼要做那種違法的事？還是怎樣，因為剛從倉庫裡挖出來，所以還沒有登記，是這樣的嗎？」

勢子這回猛烈地搖頭，「那把刀以前殺過人，從明治時期就是片倉家的東西，但不是我的。」

「妳不就是片倉家的人嗎？」

「妳說忌諱，是那把……」

砍過人的刀嗎？——賀川表情扭曲地說：

「我說，妳不是刀劍商嗎？賣的是古董刀劍吧？以前的刀劍，每一把都半斤八兩吧？砍過人的刀，不也多得是嗎？再說，誰知道一把刀有沒有砍過人呢？又不是砍了人之後就會留下印記。一定有很多砍過人的刀，我實在不懂為什麼單單要厭惡那把刀。」

「不是嗎？」

「如果是商品，那無所謂，但那把刀並不是商品。」

「那是片倉家的刀。那是**片倉家的東西**。如果我把那種東西拿去登記……」

就會變成**我的**了……

「我……不想成為那種東西的持有人。我和春子只是被留在那個家，那個家不是我們的家，那把刀也不是我的東西。說起來，寶貝萬分地珍藏著砍死人的刀，那種人家……」

對我實在太沉重了——勢子說。

原來如此，她不是覺得片倉家無足輕重，而是強烈排斥嗎？

刑警以難以理解的表情注視著勢子。

賀川應該是個好人，也充滿正義感，但思慮仍有不夠周全之處。

「戰時……」

不是有金屬類回收令嗎？——勢子想起來似地說：

「雖然不知道是拿去做什麼用，但鍋子、水壺什麼的，不是都被迫捐出去了嗎？我也把鐵壺、金屬臉盆等等捐出去了……但一般不是也會把刀捐出去嗎？」

「是啊，因為會拿去當成軍刀。」

「但我完全沒有想到。外子死後，店也關了，我從店面開始收拾，店裡頭有許多刀，然而我卻完全沒想到可以捐出去。」

「但妳們家是刀劍鋪吧？警察沒有上門去回收嗎？」

「沒有。」勢子說，「是因為店已經關了，還是怎麼樣，我不清楚。招牌也拿下來了，幸虧有公公的積蓄，所以生活暫時不用愁……雖然那時候有錢也沒用……但戰爭期間，我真的什麼都沒做。就抱著還小的春子，幾乎足不出戶，躲藏起來過日子。」

與死去的家人。

和忌諱的刀子。

「一般如果有刀，應該會捐出去，但我真的沒有想到。萬一被發現，或許會被指責是非國民，但那個時候就算只有那把刀也好，我應該捐出去的。那樣一來，那把刀就會被鎔掉，變成子彈之類的吧。可是我真的沒有想到。它明明就擺在那裡。」

勢子伸出手。

彷彿刀子就在前方。

「它那樣忌諱、沉重，一天二十四小時都壓在心頭，我卻看不見它。不，或許戰爭時期，那個家的主人不是我……而是那把刀。」

「哪有那麼誇張。」賀川說。

不過，或許是有這種事的。

與欣造結婚的勢子，由於靜子橫死，進入了片倉家。

勢子直到此時，才成了片倉家的媳婦吧。但她才剛踏進片倉家，家人便相繼過世，只剩下最後進去的媳婦留在家裡。

以死為契機嫁入的因，歷經死亡的連鎖，結出了家中只留下媳婦的扭曲的果。

而構成這因果的緣的，依然是刀。

那裡是隱宅，棲息在隱宅的是鬼。

鬼……是看不見的東西。

「戰後武裝解除的時候，妳怎麼做？」賀川問，「ＧＨＱ從全日本搜括武器。刀也一樣。光是關東東海，就有二十萬把以上的刀劍被沒收。聽說赤羽的美軍兵器補給廠都給塞爆了。那數量完全無法想像。」

「聽說都丟進海裡去了。」

勢子說，視線望向遠方。

「是啊。我記得因為美國說要把沒收的刀全部丟掉，結果引發反對聲浪，說要把有價值的刀留下來。刀劍類的審查登記變成義務，說起來也是想要設法把那些有銘刻的刀劍保留下來的苦肉之計吧。妳那裡是刀劍舖，不是有一堆刀劍嗎？沒有人上門去接收嗎？」

勢子無力地搖搖頭。

「沒有人來。下谷在空襲中被嚴重摧毀，但我們的房子倖免於難。那一帶沒燒得太厲害，但還是死了很多人，也有人疏散去鄉間了，有段時期宛如空城。人很快就回來了，但應該以為片倉家的人都死光了，或是趁夜逃離了吧。沒有人……過來。」

隱宅不會輕易消失。

就如同……過去的凌雲閣那樣。

「店裡所有的刀，包括那把刀在內，都完整無缺地留下來了。我真心覺得應該在那時候全部捐出去的。要不然交給美軍接收也好，那樣一來，無銘的刀應該都會被丟進海裡吧。那把刀是無銘刀，一定已經沉在海底了。如果那樣做的話……」

結果卻未能如此。

「戰後有一段時期，為了糊口，我變賣刀劍過活，因為過不下去了。我們省吃儉用——不，在那個年頭，也不可能奢侈，但儲蓄完全見底了。整個日本應該都很窮困，但我還是不願意餓著了春子……但我沒有一技之長，到了那時候，才總算想到家裡**有東西可以賣**。」

也就是刀。

「所以與其說是刀劍鋪重新開張，我更只是想要把屋子裡所有刀都賣了。我沒有收購過任何一把刀劍。我不會鑑定，不可能出價。我只想賣掉刀子而已。我聽人說要賣刀，必須登記，所以雖然什麼都不懂，還是四處向同業請教……然後把家裡剩下的刀送去該送去的地方審查，全部登記了。除了……那把刀以外。」

「為什麼那把刀不登記？」

「因為它不是商品。」勢子說。

賀川應該不懂。

它確實不是商品。

它應該充滿了片倉家這處隱宅的虛無。

那麼那把刀……

果然是鬼。

「所以，只有那把刀是非法持有，是不能持有的刀。其實我根本不想擁有它，卻也無從處理。它沒有登記，所以當然不能賣，也不能送人……」

「那種東西……」

賀川露出泫然欲泣的神情。

「如果討厭，如果真的那麼討厭，賣掉就好了啊，有什麼關係呢？把它賣掉啊，妳們家就是做刀劍生意的啊。」

「我很想賣。」

「那……」

勢子抬頭。

「但要賣的話，就必須先擁有它，不是嗎？如果不登記，就不能賣啊。」

賀川啞然張口。

「但那只是暫時吧？」

「就算只是暫時，我也不願意。打死我都不願意。」

勢子激動起來。

「萬一讓它變成我的，結果賣不出去，那該怎麼辦？倒不如說，不可能賣得出去的。那樣一來，它就會永遠變成我的了。世上還有比這更可怕的事嗎？我絕對不要。再說，沒有銘刻的老刀劍不可能賣得掉。能賣的刀早就賣光了，屋子裡已經沒有能賣的刀了。我原本是透過別人介紹賣刀，但愈來愈難賣，所以三年前又把招牌掛了出來。為了春子，為了過下去，我把店重新開張了。但刀劍鋪不是什麼賺錢生意。不，我根本不打算做下去。我準備等春子一畢業，就把店關了。我真心想要拋下一切，趁夜一走了之。我是這種心態，怎麼可能把它送去登記？我才不想。因為那把刀……是鬼刀。」

「又是鬼。」賀川沮喪地說，「好吧，這邊我懂了，但妳說妳用那把妳痛恨的刀殺了自己的女兒，對吧？這不是太奇怪了嗎？難道是那把鬼刀還是什麼刀的錯嗎？這種想法大錯特錯。鬼啊、作祟啊這些理由，可沒辦法減輕妳的罪，對吧？請不要說什麼都是刀子害的，好嗎？」

賀川那雙大得格格不入的眼睛望向敦子，徵求同意。

「不是那樣的，賀川先生。」敦子說，「不管怎麼樣，既然沒有登記證，帶著凶刀多次從下谷來回現場，風險都太大了。如果凶手真的這麼做，表示他冒了十三次以上這樣的危險，對吧？但如果第一次就被人撞見，那罪行甚至有可能連一次都不會發生吧？」

「是啊，有可能。」賀川說，「應該會被捕。我一開始就這麼說了。」

「也就是說，凶器在第一次偷偷取出之後，就一直放在這附近……比方說大垣先生家裡，不對嗎？」

「啊。」賀川張口，「是這麼回事啊。」

「這種情況，如果相信大垣先生的說詞，宇野先生就不可能一個人行凶了，不是嗎？」

「如果相信大垣的說詞，會是這樣沒錯，但如果不信，就不是這樣了。」

賀川嘴巴朝兩邊咧開

「再說，那個大垣也相當可疑啊。搞不好那個人利用刀子在手上，打磨之後拿去砍人，砍完之後再拿回來打磨啊。」

這樣更合理啊——賀川說：

「好吧，那就相信大垣的話，先拿掉宇野來看好了。這樣一來，就變成是這個片倉勢子把刀送去研磨的。磨刀師最近好像也不景氣，會送日本刀來磨的人難得一見。然後，磨刀師久違地摸到日本刀，磨著磨著，想要試試它有多鋒利……要是這種情節，還比較可以理解。」

「可是……大垣先生身高沒那麼矮吧。」敦子說。

「但現在的嫌犯宇野更高大。」賀川說，「聽著，就連那麼高大的傢伙都能成為嫌犯了。我質疑身高的問題，也沒人要理我。那樣的話，跟宇野比起來，大垣還比較矮小。雖然沒有我這麼矮。」

「不過假設是這樣，也得先把刀送去磨，事情才有個起頭吧？不太可能是大垣先生擅自從片倉家把刀拿出來。」

「刀子不就送去磨了嗎？」

「那麼一開始這位女士為什麼要把刀送去磨？應該也不是砍了什麼東西，而且厭惡到甚至不想取得登記證的刀明明也沒缺損，會冒著被人看到的危險，偷偷送去磨嗎？」敦子說。

「說是這樣說，但應該有什麼理由吧？喏，像是生鏽之類的。如果那麼厭惡，平日應該也不會保養吧。」

「如果都放到都生鏽了，那表示真的完全沒有保養吧。但那又怎麼會知道生鏽了？就算發現生鏽，會送去保養嗎？就算生鏽，也會丟著不管吧？」

「可是，這一切的前提是相信她剛才說的都是真的吧？有可能全是瞎掰的，為了減輕罪責。雖然我不知道有沒有罪啦。太太，妳是不是其實沒有那麼厭惡那把刀？其實妳還是會保養它，只是後來不小心忘了保養，結果生鏽了之類的。這種事很常見吧？」

「什麼都不信，是沒辦法查明真相的。」敦子說，「未登記而持有刀劍是違法的。勢子女士很清楚這一點，不惜違法，也不肯去登記。她做的又是刀劍生意，沒法用不知情搪塞過去，萬一曝光，是會受罰的。然而她依然沒有去登記。那麼應該就如同她說的，是真心厭惡那把刀吧？」

「雖然妳這麼說，可是中禪寺小姐，」賀川噘起嘴，「恕我重申，她可是從剛才就在說，她用那把厭惡到極點的刀，殺了自己的親生女兒喔。不僅如此，還說還用那把刀砍了六個素不相識的陌生人。這是怎樣，因為她是鬼嗎？都是鬼刀害的嗎？所以……」

「這種理由說不通的，就像賀川先生說的那樣。」

「那……」

「我也不是在說作祟、詛咒那些的。」

「妳不就一直在說嗎！」賀川大聲說道，揮起拳頭，「鬼、鬼、鬼，鬼到底是什麼啦？現在又不是節分，豆子早就灑完了。可怕的是殺人命案吧？要說誰是鬼，凶手就是鬼。一個接著一個殺死無辜的人，這種人不就是鬼嗎？對吧？難道不是嗎？」

刑警揮舞了幾下舉起的拳頭。

「沒有錯。」敦子說。

「咦？呃，可是妳說鬼……」

「是鬼啊。雖然是鬼，不過那是人。這位勢子女士厭惡排斥的刀，是新選組的鬼副長，土方歲三所留下的刀。」

「什麼？」

賀川放下拳頭，一臉無法理解。

敦子轉向勢子說：

「那把刀的來歷……妳也聽說了，對吧？」

「是的。」勢子回答，「公公和大垣先生都告訴過我了。」

「這樣。聽說那把刀，是嫁進片倉家、與土方歲三有關的某位女士，以某起事件為契機，在明治中期過後得到的，所以才說是鬼刀……似乎只是這麼回事。」

「新……」

新選組？——賀川目瞪口呆地說：

「那不就真的是鞍馬天狗了？不……唔，新選組的話，或許是砍過很多人，不過還是……就算是這樣……」

「就像賀川先生說的，古老的刀或多或少都有這樣的過去，但那把刀狀況卻有些不同。那把鬼刀……」

——是砍死靜子小姐的刀。

「靜子……啊，過世的丈夫的妹妹嗎？那，是剛才提到的強盜事件時的凶器嗎？」

「是的。不，不光是這樣而已，那把鬼刀還砍死了片倉家另一個人。」

「嗄?」

「勢子女士過世的丈夫的姑姑,也是被同一把刀砍死的。」

「什、什麼?我怎麼沒聽說?那是怎樣的事件?」

「當然,只是凶器相同而已,是完全無關的事件。最初的事件發生在明治二十五年。正確地說,那把刀似乎是發生第一起事件之後,才交到片倉家的手上……但無論如何,那把刀都曾經殺害過兩名片倉家的人。」

「明治有那麼以前嗎?那樣的話,跟江戶時代不是沒什麼兩樣了嗎?不,等等,中禪寺小姐,呃……那第二次的強盜事件發生時,喂,勢子女士,妳說妳已經跟片倉欣造先生結婚了,是嗎?」

「那是十八年前的事。」勢子無力地回答,「我忘不了。過世的小姑靜子和我也很熟。她是個個性明朗的好姑娘。那把刀就是砍死靜子的刀。」

「這樣啊。」

唔……賀川低吟。

「嗯,唔,那的確是……嗯,很不祥的一把刀吶。」

「非常可怕,我害怕極了。這會很奇怪嗎?我實在無法理解丈夫一直珍藏著那種東西的心情。」勢子說。

「我倒是無法理解妳。」賀川說，「到這裡都還好。如果是這種理由，唔，換做是我，也不想把那種東西留在身邊。到這裡都能理解。那玩意兒確實很恐怖。是鬼刀。到這裡我都明白了。可是妳說的是，妳用那把刀砍了七個人呢，而且最後一個還是自己的親女兒，對吧？」

勢子垂下頭去。

「要叫人相信這種事，才是強人所難。不可能相信的，因為這太離譜了。如果那刀那麼可怕，不是連放在身邊都覺得厭惡嗎？要是我就不願意。那怎麼可能做出試刀這種事？如果妳堅持要說妳就是凶手，表示妳其實沒那麼厭惡那把刀吧？還是怎樣……」

果然是刀害的嗎？——賀川說：

「那刀有魔力什麼的嗎？明明那麼痛恨，卻不知不覺間拿了起來，一拿起來，就不由得想要砍人是嗎？啊？這種動機才是說不通。沒有恨意、沒有利害得失，只因為手上的刀剛好是可怕的鬼刀，所以砍了人？這……」

「或許是**有這種事**的。」敦子說。

賀川的表情就像被踩了一腳的貓，他發出被踩的貓一樣的聲音說：

「妳、妳突然說起這什麼話來？喂、姑娘，中禪寺小姐，妳不是才說妳不信作祟詛咒那些的？妳改變主張了嗎？在這個節骨眼？妳這樣讓人很頭痛啊。」

「我並沒有改變主張。」敦子答道，「我也認為片倉勢子女士在作偽證，所以我才會像這樣，只請賀川先生在場。」

「我……」

我沒有撒謊——勢子的聲音幾不可聞。

「憲一不是凶手。」

「所以我說就算如此，妳的說詞也無法相信。因為妳不是說那把凶刀很可怕、很討厭嗎？而且妳沒有動機。假設試刀是隨機殺傷好了，但妳又說妳殺了自己的親女兒。這太莫名其妙了。什麼鬼的因緣……」

說到這裡，刑警瞥了敦子一眼。

「妳說或許有那種事？什麼叫或許？妳之前說沒那種東西吧？不管有還是沒有，那些怪力亂神都不在警方的管轄範圍內。」

「我明白。」

賀川將那張大嘴巴左右咧開到不能再大，咬牙切齒，幾乎要發出磨牙聲來。

「我說啊，連中禪寺小姐都說這種話，這事到底要怎麼收場？妳不是那個什麼？科學雜誌的編輯嗎？那就用科學角度解釋一下啊。呃，那邊那位姑娘，我覺得讓妳這樣的未成年人待在這裡非常不恰當，不過怎樣？妳聽得懂嗎？我是一頭霧水啊。」

坐在角落的美由紀微微歪頭，「喔，我……呃，首先……」

她用食指抵著下巴。

「宇野先生……不是試刀手，我也這麼想。刑警先生也這麼認為，對吧？所以之前才會那麼苦惱吧？」

「是這樣沒錯，可是那是因為狀況證據和目擊證詞不合，怎麼說，沒有積極證實他就是試刀手的證據。沒有確鑿的鐵證啊。沒有鐵證，空有證詞，所以才頭痛啊。不過如果這位女士是凶手的話，狀況就不同了。但現在連這都很可疑……所以才會懷疑到大垣身上……」

「我也是。」敦子說，「我贊成吳同學的意見。我認為宇野先生不可能下手。」

「那難道是這位女士嗎？不是宇野，也不是大垣，那不就只剩下這位女士了嗎？」

賀川指著勢子說。

「會變成這樣吧？因為沒有其他人了，不是嗎？沒錯，我一直在懷疑真的是宇野幹的嗎？但我覺得比起這位女士，至少宇野更像凶手。喂，太太，片倉女士，妳今年三十八歲，對吧？恕我失禮，但妳不算年輕了，看起來也沒有在鍛鍊身體，要用日本刀砍人之後直接逃走……對妳應該太難了吧？對做刀劍買賣的人說這種話，是班門弄斧，但日本刀很重吧？就連要砍不會動的靶子，也需要力氣吧？妳有辦法提著刀跑掉，還是高舉著刀跳出來嗎？再說，妳好像幾乎都穿和服，難道妳是這身打扮，撈起身後的裙擺掖進腰帶裡跑步嗎？我說啊，試刀手就算一樣穿和服，看起來應該也像是武士。可是妳不管怎麼看，就是個穿和服的婦人啊，但沒有半個人作證說看到穿和服的婦人！」

「我換了衣服。」勢子聲音顫抖地說，「我、我換了洋裝。」

「在哪裡換的？我以為婦人的話，和服無論穿脫，都得大費周章，這是我太沒常識嗎？或許也不是不能換，但說婦人在戶外更衣喔？這算是偏見嗎？我這樣算是對婦女有偏見嗎？這年頭，婦女也會堂而皇之地在戶外更衣嗎？我是男的，但我就不會在戶外更衣，是我太奇怪嗎？」

不是吧！——賀川暴吼一聲。

「不，如果妳說從一開始就穿洋裝出門，那另當別論——不，穿洋裝的話，妳剛才就不會說妳換衣服了。那樣的話，譬如說……對了，難道是在大垣先生家更衣的嗎？」

「和大垣先生……沒有關係。」

「怎麼可能沒關係？」賀川拍桌，「妳不是跑去投靠他嗎？我去找大垣的時候，其實妳就在裡面的房間吧？如果妳真的是凶手，那就是躲藏在那裡。大垣如果知情，那他就是藏匿凶手。」

「這跟大垣先生……」

「妳是在包庇大垣吧？宇野也是吧？我覺得妳們是兩人聯手在包庇那個老頭子。」

「跟大垣先生沒有關係。」勢子繼續爭辯。

「不，妳光是這樣主張也沒用。妳的證詞牛頭不對馬嘴，實際上宇野說的還比較合理。從沒有動機這一點來看，兩邊都沒什麼差別，而且宇野那邊的問題就只有身高。就連搬運凶器的問題，大垣的話就沒問題，宇野也是……」

「聽我說，憲一不是凶手。」

「不不不，如果宇野泡在大垣家的話……」

「大垣先生說宇野先生沒有去那裡。」

敦子打斷沒有結果的爭論。

「所以我認為宇野先生真的沒有去大垣先生那裡。」

「妳怎麼知道？只有大垣這麼說吧？妳相信他的話嗎？因為宇野被逐出師門嗎？可是後來他也繼續住在那裡啊。大垣對宇野有養育之恩吧？宇野也很依賴大垣吧？那個老頭子表現得很冷漠，但那應該是裝出來的吧？從十二歲開始，老頭子扶養了宇野快六年呢。現在宇野也在客戶那裡工作，所以應該也不是完全斷了感情。還是宇野沒有那種感情？他對被逐出師門懷恨在心，忿忿不平嗎？」

「他……沒有被逐出師門。」敦子說。

「沒有嗎？」

「好像只是因為他不適合當磨刀師，大垣先生沒有再繼續訓練他而已，所以這不可能構成怨恨大垣先生的理由。宇野先生本來是戰爭孤兒，是大垣先生供他食衣住，把他扶養長大，宇野先生就算不心存感激，應該也不會有任何恨意吧。放棄成為磨刀師以後，仍然一直住在那裡，應該只是沒有理由離開而已。」

「那他不就有一大堆包庇大垣的理由嗎？大垣是宇野的恩人吧？既然是恩人，當然要包庇他。這位女士也是，她應該也受過大垣不少關照吧？所以才會想要替他頂罪吧？」

「大垣先生……」

勢子開口，但賀川打斷她。

「他有關係！光是在那裡主張大垣無關也沒用。宇野還有這位女士，兩個人都說得天花亂墜，但兩邊都完全不能信。尤其這位女士說的話，更是荒唐。」

賀川將閉起的嘴巴往兩邊拉，變得就像癩蝦蟆，擺出一張苦到極點的臭臉。

「我是在原地兜圈子嗎？不，中禪寺小姐和小姑娘都說不是，我一直到剛才也覺得不是，不過照這樣來看，果然還是宇野吧。」

「賀川先生……有沒有辦法請宇野先生到這裡來？」

「啊？把嫌犯？從拘留處？叫到這裡來？我說妳啊，這怎麼可能嘛。中禪寺小姐，妳也真是，胡說些什麼。」

這樣啊。應該也是。

那就沒辦法了。

「呃，這是我的想像……」

敦子覺得如果是哥哥，絕對不會說這種沒把握的話。

在開口之前，他一定已經透過某些方法取得確認了。萬無一失，才是哥哥的作風，但敦子沒有餘裕。

「我想宇野先生……是不是對於刀具有侷限性的恐懼症？」

聽到敦子的話，賀川露出泫然欲泣的表情問，「那是什麼？」

「就是，宇野先生**害怕刀具**——不，我想他應該**沒辦法觸摸刀具**。」

賀川表情僵住，停頓了一秒。

「抱歉，我聽不懂。我不懂妳在說什麼。」賀川說，「哪有這種蠢事？是啦，刀具很危險，也很可怕。我也是這樣，但這不是很一般的情緒嗎？我真的很討厭刀子，要是能夠，連碰都不想碰。但就算討厭刀子，我還是可以刮鬍子、削鉛筆。這很一般吧？」

「不，應該不只是害怕而已，而是病態的恐懼。」

「那跟懼高症、尖端恐懼症那些是一樣的嗎？刀刃恐懼症？有這種東西嗎？不，就算有好了，宇野一直住在磨刀師家裡，後來幾乎是住在刀劍鋪當食客呢。身邊全是刀子。這太說不過去了吧？」

「是的。所以我想應該不是單純的恐懼，而是無法直接觸摸刀刃。那樣的話，就做不來磨刀師了。因為磨刀師的工作會直接觸摸刀刃。別說精進技術了，根本做不來。所以才會被逐出師門……倒不如說，大垣先生會放棄訓練他，也不是因為不適合，而是根本做不到。我想應該是這樣。」

「不太可能吧。」刑警再三側頭，「妳看，他住在那裡做了好幾年呢。不是一兩天而已，而是修業了好幾年吧？不會習慣嗎？」

不會。

「那不是能習慣的事。我想本人應該也沒有明確的自覺，但那是一種神經症，所以需要治療。但即使治療，也沒那麼容易治癒。最好的辦法，就是遠離恐懼的對象。」

「遠離……」

「簡而言之，別去碰就行了。但他做不到。車床的機器也有刀刃。車床的主軸就是一種刀刃。即使能操作機器，但對於病態地恐懼刀刃的人來說，應該很難進行精細的操作。」

「呃……」賀川又磨擦額頭，「真的是這樣嗎？可是後來他不是待在刀劍鋪嗎？」

「刀劍買賣不用觸摸刀劍本身也能做。因為店裡又不是擺著裸露的刀身。對吧，片倉女士？」

「嗯……」勢子很困惑地說，「刀子全都收藏在盒子裡。以前展示架上也會裝飾出鞘的日本刀，但這類氣派的刀全都賣掉了……現在店裡的商品，沒有能拿來擺飾的刀，因此展示櫃也是空的，只擺著護手和配件等裝飾。」

「沒錯。」美由紀說，「宇野先生就坐在那空蕩蕩的玻璃櫃後面。那時候我就納悶著這裡是刀劍鋪，可是怎麼都沒有刀？」

賀川疑惑地看敦子。

「不不不，就算是這樣，這結論也太跳躍了。因為……怎麼說……不，這太不可能了。」

「可是，或許真的是這樣。」勢子自言自語地說。

「嗄？」

「我從來沒有想過，憲一也從來沒有提過……可是以前有一次我們說起要和春子三個人一起外食。好像是去年吧，因為難得有刀賣出了高價，便想說偶爾奢侈一下，去上野的精養軒吃頓大餐……那時憲一難得堅持己見，無論如何都不要吃西餐，結果作罷了。因為他說他**沒辦法拿**刀叉。」

「喂喂喂。」賀川毛燥地用食指敲桌子，「這是不是在串供啊？這種事不先說就太不公平了吧？」

「先說是要哪時候說？」敦子問。

偵訊中不會問這種事，也不會特別拿出來說。

「呃……我是說，她是不是想要搭中禪寺小姐的話的便車，臨時編造出這樣一件事。因為就算生意再怎麼不好、沒剩幾樣東西，店裡還是有刀吧？有刀就會摸到吧？」

「我也幾乎沒有摸過刀身，我想憲一連看都沒有看過刀身。」

「太難以置信了。對了，而且日本刀不是有柄嗎？纏繞著很多布啊線的地方，不是會握住那裡嗎？又不是直接摸刀刃。」

賀川就像握刀一樣握住鉛筆。

「我說，不管是菜刀還是雕刻刀，都有刀柄啊。吃西餐用的刀子，嗯，應該整個都是金屬，可是還是有可以握的地方吧？日本刀也有啊。一般都會握住那裡吧？才不會碰到刀刃。」

「是的。所以我想應該也不是不能拿。我不清楚碰到刀子會是什麼感受、會變成什麼狀態，但只要不直接觸碰刀刃的話，應該是可以拿吧。事實上當時他就拿著刀，對吧？」

「對啊，他拿著刀嘛。」賀川拍了一下手，「既然能拿刀，就能砍人吧。不必直接碰到刀刃啊。每個人都是握刀柄嘛。宇野他就像這樣，手裡提著血淋淋的刀子，渾身發抖地站在那裡，整個人茫然失神。」

「他在……發抖嗎？」

「都殺了人，發個抖也很正常吧。」

「都砍死過那麼多人，還會發抖嗎？」

「那是……因為……不，殺的是自己的女友的話，和之前的狀況……」

「不是的！」勢子揚聲說，「憲一……他沒有殺人。他什麼都沒做。他只是在那裡而已。而且憲一不是春子的情人。他是清白的。他是個連小蟲都不會殺的好人。」

請釋放他吧，請不要判他死刑——勢子激動地站了起來。

「冷靜，請冷靜下來。我說啊，這裡是讓民眾陳情的房間，不是像這樣討論案情的地方。再說，妳從剛才就暢所欲言，可是說的話毫無邏輯。所以就算妳在那裡高呼宇野是清白的……」

「我覺得她說的是事實。」

敦子打斷賀川的話。

「我實在不認為宇野先生會是凶手。」

但是……

「但是，妳也不是凶手吧？」

勢子轉向敦子。

一雙充血的眼睛瞪得老大。

似在傾訴、怨恨、驚愕……

不對。

她是害怕極了。

「為什麼不肯相信我？」

人是我殺的，凶手就是我，全是我不好！

「我……」

我就是凶手，是我殺了小春的！——勢子哭喊，整個人更加失控了。

「我、我……」

「關於這一點……**或許是吧**。」

「我不懂。」

這到底是什麼意思？——賀川歪頭不解。

「完全不懂。小姑娘，妳聽得懂嗎？這些人到底在說什麼？」

賀川向美由紀求助。

「就是……宇野先生什麼也沒做，阿姨也不是什麼試刀手，是這個意思吧？但殺害春子學姊的……」

美由紀露出悲傷的神情。

接著望向勢子。

「小春、春子是我親手殺死的，不是憲一。殺死那孩子的人是我！快點抓我，快點逮捕我！」

「等等、先等等。」

賀川張開雙手，設法穩住場子。

「先等一下。冷靜點。好吧，好好好，春子是妳殺的，然後宇野什麼也沒做。可是這樣一來，試刀案不就沒有凶手了嗎？」

「有的。」敦子說。

敦子轉向勢子。

直到上一刻，勢子都拚命搖頭，激動到幾乎要撲向賀川，這時卻整個人僵掉了。

她原本就面無血色，蒼白如褪下的蟬殼，現在那張臉更是宛如幽靈畫上的鬼魂，鬼氣森然。

賀川張大了鼻翼，問：

「誰？還有誰？不認識的人？嫌犯名單以外的人嗎？這樣犯規啊，中禪寺小姐。也不是犯規啦，但就是讓人無法接受啊。偵查範圍裡面沒有其他人了。如果凶手是警方完全沒有查到的人，那警方真的是無能到極點了。不管從上下左右哪個角度看、挖遍任何一個角落，除了這位女士、宇野和大垣以外，沒有別人會是凶手了。」

「只有一個人。私下拿出鬼刀，夜復一夜外出砍人的……」

是春子同學，對吧？

「咦！」

美由紀坐著，從椅面微微彈跳起來。

「敦、敦子小姐，請等一下，不，這實在……」

賀川失了魂似地再次轉向敦子。

「妳在胡說八道些什麼啊？那女孩才十六歲呢，這……」

「和年齡無關吧？」敦子說，「大垣先生說送刀來磨的是誰？」

「咦？呃，是片倉吧。」

「春子同學就姓片倉啊。」

「不不不，我說啊……」

「第一起事件發生在去年九月，對吧？那天是星期幾？」

賀川翻起記事本。

「呃，星期六。」

「接下來是十一月吧？那天是什麼日子？」

的嗎？」

沒有理由做出那種事。

沒有人有理由。

賀川茫然了半晌。

「呃，這種事有可能嗎？中禪寺小姐，妳說**一樣**……這是什麼意思？是指沒有理由嗎？是怎樣？扶養幼兒的寡婦、女裁縫、燒水的老爺子，都是毫無理由地被殺了嗎？被……被一個女學生殺了嗎？」

「要說理由的話……」

鬼刀嗎？

「有一點必須弄清楚，這世上應該沒有作祟，也沒有詛咒，縱然真的有，也就像賀川先生說的那樣，完全無法成為被赦免的理由。也不可能當做減刑的理由。」

「這是當然。」賀川說，「不管有什麼樣的因緣，即使是受到詛咒、遭到作祟，殺人都是不容許的。」

「賀川先生說的沒錯，但這樣的迷妄之心，確實有可能成為引發犯罪的動機一部分。即使是在現代被視為不科學而棄如敝屣的事物，在人們相信的時代，也不會被當成迷信。反之亦然。因此不管是怎樣的主張，全端看接收的一方如何解讀。不管是謊言、虛假還是鬧劇，一旦相信……」

在深信不疑的人心中，

就成了真實。

「片倉家有個忌諱的咒物。我不清楚春子同學對那把刀知道多少，又是如何理解。但從吳同學的話聽來，她應該知道某程度的事。因為聽說她說片倉家的女人注定會被砍死……對此極為恐懼。」

「喂，那說的是**被殺**吧？不是**殺人**啊，而且她很害怕，不是嗎？」

「對。所以了，這部分的事我不清楚。不過可以確定的是，不管怎麼樣，總之有一樣令人忌諱的咒物，它成了這次事件的凶器。然後傳承著那樣凶器咒物的片倉家，血親就只剩下……春子同學一個人。」

沒錯。

宇野是外人，勢子也只是片倉家的媳婦，並非血親。

把鬼刀帶進來的片倉涼的子孫，就只有春子一個人。

當然，與血緣無關。就和作祟一樣——不，比作祟更沒有關係，而且實際上應該亦是無關。世上沒有所謂殺人的血統，而且這種說法本身就是一種歧視。

但是，即使外界的一切完全沒有這類歧視性的虛妄心態，當事人卻被這樣的迷妄所纏身，也是常有的事。

只要有令人如此深信不疑的材料，人輕易就會一頭栽進去。

「沒有人有理由接二連三砍殺無關的人，即使有，那理由也一定是妄想或邪念。不論有什麼理由，縱然是合情合理的理由，也不是能夠被原諒的。絕對不會被原諒。」

「就是說啊。」賀川說，「但是……」

「是的，是這樣沒錯。站在這個前提上，這次能夠成為那種妄念的種子的事項、物品，不就只有那把鬼刀嗎？然後那把刀能夠灌輸負面妄想的對象……」

不就只有春子同學嗎？——敦子說：

「想到這裡，不管是凶手的身高問題，或是凶器的搬運問題，幾乎所有的矛盾都迎刃而解了。」

「是這樣沒錯，可是她才十六歲啊。」

賀手用力搔頭。

「她才十六歲。的確，只要把刀交給大垣，然後再穿回裙子，即使身上有些髒污，也不會有人起疑。因為她是女學生，沒有人會認為一個女學生是試刀手。可是，她是個十六歲的女學生，還是個孩子啊！是正值做夢年紀的女孩啊！卻說她是試刀手，是殺人凶手，這怎麼可能？」

世上也有不愛做夢的女學生。這裡就有一個。不……

有時反倒就是**因為愛做夢**……不是嗎？

因為愛做夢，才會一廂情願，才會深陷其中、不可自拔，不是嗎？耽溺於虛妄之中。

「不，我無法接受。女學生會拿刀嗎？就算是刀劍鋪的女兒，也不會去碰刀吧？當然也沒用刀砍過東西吧。」

「這位勢子女士也沒有砍過人啊。至於宇野先生，他甚至有可能沒辦法碰刀。」

「不……我也不認為這位女士是凶手。因為就算她想砍，也沒辦法砍吧？不管是她還是春子同學，都手無縛雞之力。」

「不就**沒能砍死**嗎？」

實際上就沒能砍死。

「試刀手反覆試刀，日益精進。一開始的幾個人沒有喪命，就是因為沒有經驗，力氣也不夠吧。」

賀川也站起來了。他毫無意義地一下右轉，一下左轉，接著以踏步般的動作跺著地板。

「我說，那是……中禪寺小姐，那是科學嗎？還是什麼？從那類觀點來看，是有可能的事嗎？沒辦法用常識、人情這些來衡量嗎？因為我實在是沒辦法相信。我難以接受，不想接受。」

妳呢？——賀川轉向美由紀問：

「我說妳，這位中禪寺小姐在指控妳的朋友是殺人魔呢。怎麼樣？這太離譜了吧？妳怎麼想？」

賀川不知為何亢奮起來，在美由紀開口回答之前，便搶著道歉說「不，抱歉」。

「不該問妳這種問題的。我太糟糕了。不能問這種問題。在各種意義上都不應該。抱歉。忘了我的話吧。對不起。」

說完後，賀川咬唇低頭，接著甩開什麼似地抬起頭來。

「沒錯，妳在說什麼啊，中禪寺小姐？妳要弄清楚，春子可是被害者，是慘遭殺害的人啊。她不是加害者，而是被害者……」

「在過世之前，她有可能行凶啊。」

「是、是這樣沒錯，但這可不是過失致死還是意外事故，也不是普通的殺人，是試刀殺人啊。再說，如果她一直在做那麼恐怖的事，身邊的人不可能沒發現。殺完人之後她不是回家了嗎？身上也會濺到血吧？身邊的人一定會發現的。」

「發現了啊。」

應該發現了。

「**就是發現了，所以才會去制止**，不是嗎？」

敦子如此認為。

「春子同學過世那一天，她是不是沒有回家？她去大垣先生那裡領了刀，準備直接動手。勢子女士早就懷疑女兒的行跡，發現她星期六入夜以後也沒有回家，為了確定她在做什麼，並設法阻止，和宇野先生一起出門了吧。他們看見春子同學從大垣先生那裡拿出鬼刀，想要阻止她犯罪，結果……」

「哇！」勢子突然大喊。

幾名警察職員從門上的小窗探看。

「呃……喂，真的是這樣嗎？」

勢子趴到桌上，號啕大哭起來。

賀川露出極哀傷的表情看美由紀，又看敦子，接著注視著勢子的後頸。

一段沉默之後，賀川張開他的大嘴。

「我去帶宇野過來。」

勢子慢慢地抬頭，望向賀川。

「我會跟課長說。不，我會跟課長交涉，無論如何都會把宇野帶過來，妳們等我一下！中禪寺小姐，這裡就先交給妳了！」

賀川說完，大步走出房間。

敦子看向美由紀。

美由紀失了魂似地看著勢子。

彷彿吞沒了焦躁的寂靜，應該持續了十分鐘左右。

不久後，一團喧鬧聲靠近，房門打了開來。

門外站著呼吸粗重的賀川。

賀川一樣大步邁入房間，身後……

走進由兩名警官陪同的高大青年。他雙手被綁起來，腰上繫著繩索，比賀川還要高上兩顆頭。應該是宇野憲一。

個子很高，卻予人弱不禁風的感覺。面頰消瘦，眼窩也凹陷下去。肯定是憔悴萬分。

宇野看到美由紀，吃了一驚，接著望向勢子。

「太太……」

勢子別過頭去。

「宇野，這位片倉勢子女士……是來自首的。」賀川說道。

「自首？我才是凶手啊！跟這個人無關。她是春子的母親，母親怎麼可能把自己的孩子……」

「我知道。」賀川說，「她……是在包庇你吧。」

「既然知道，為什麼……？有時間做這種事，請快點把我處死吧！那樣一來，一切都了結了，不是嗎？有什麼好猶豫的？我都已經自白了。」

「你也是在包庇吧？」

「我？包庇誰？」

「給我從實招來！」賀川大吼，「你們這兩個傢伙，簡直太莫名其妙了，太奇怪了。不是自白就好了的。聽著，春子已經死了。她已經死了。包庇已經死掉的人又能怎樣？」

「不是的，賀川先生。」

這時敦子總算想到了。

「宇野先生……並不是在包庇春子同學。」

「又在胡說了，說春子是試刀手的不就是妳嗎！」

宇野聞言瞪大了眼睛。

「對，沒錯，犯下多起試刀殺傷案的應該是春子同學。但宇野先生並不是在包庇春子同學。我想他是……愛慕著這位勢子女士，是在包庇勢子女士。」

「啊？」

「宇野先生，你交往的對象不是春子同學吧？如此宣稱的就只有你一個人。和春子同學要好的這位吳同學說看不出你們在交往，剛才勢子女士也說不是。」

「那是……」

「你的女友，**是這位勢子女士**吧？」

賀川那張大嘴張得更大了。

美由紀似乎也大吃一驚。

「啊？妳在說什麼？這個人才十九歲，這位女士……」

「跟年紀無關吧？」

「不不不，我說中禪寺小姐啊，就算妳說無關，但這兩個人年紀相差了快二十歲吧？對吧？」

賀川仰望宇野，宇野緊抿著嘴唇。

「是這樣嗎？」賀川問

「憲一是個很好的人。」勢子說。

「咦？真的是這樣？」

賀川上身前屈，探看勢子的臉，接著轉頭仰望宇野。

嘴巴微張。不久前都還氣勢洶洶的嬌小刑警，似乎一下子整個人癱軟了。

「真、真的、確定就是這樣嗎？」

宇野顧慮到勢子，接著微微點頭。

「我……」

「憲一沒有錯。」勢子開口了，「就像刑警先生說的，我們年紀相差太遠了。這位小姐說跟年紀無關，但我還是活了他兩倍的年紀，連自己都覺得太不知羞恥了。」

可是我喜歡他──勢子說。

「太太……不……」

「我和欣造在一起，是我十八歲的時候。當時欣造應該是二十五。我們是相親結婚的。欣造就和憲一一樣，人很溫柔。公公婆婆也都為人敦厚，年齡和欣造相差很多的小姑靜子也是個沒心眼的好孩子。我在七歲的時候，在地震中失去了父母，被伯母帶大，所以有了新的家人，我真的很開心。頭幾年都過得很幸福。直到……」

那個強盜上門。

「我們接到消息時，天已經亮了，我和欣造飛奔到片倉家去，看到警察，還有一堆看熱鬧的，然後靜子躺在裡面的和室。」

已經斷氣了。

「從此以後，公公和婆婆就像變了個人。辦完靜子的葬禮後，婆婆病倒了，公公整個人鬱鬱寡歡，再也不說話了。我雖然盡心照顧，婆婆的病況卻不見好轉，終於連公公也病倒了。那個時候，我的肚子裡……」

已經有了春子。

「欣造沒辦法，只好辭掉公所的工作，我們夫妻做起了刀劍鋪生意。」

春子是在那個家出生的——勢子語氣有些激動地說，「對，我記得那天是……應該是靜子葬禮的隔天吧。那把刀從警察那裡送了回來，然後我們從公公那裡聽到了那把刀的來歷。」

那把刀，砍死你妹妹的刀，也砍死過我的妹妹……

但那把刀也是我的母親，你的祖母的遺物……

是媽尋尋覓覓，好不容易才得到的……

鬼的……

刀。

「太可怕了。我覺得簡直太可怕了。可是一看到那把刀，外子——欣造的眼神整個變了。有什麼說不出來的神祕東西附到欣造身上去了。」

勢子表情緊繃，就彷彿害怕著自己的記憶。

「欣造向公公問出刀子詳細的來歷，把刀……送去大垣先生那裡研磨了。」

那可是砍死他妹妹的刀啊！——勢子說：

「為什麼不丟掉呢？那個時期的話，應該要怎麼處理都行，為什麼非要把那種東西留在身邊不可？

而且還送去打磨保養。我覺得外子一定是瘋了。不，外子就是瘋了。他變得不太一樣了。不久後，婆婆過世，戰爭爆發，公公也過世了。欣造也在被徵兵前風寒惡化，一下子撒手人寰。我已經不知道該如何是好了。欣造過世以後，直到戰爭結束的五年之間，我和春子只是關在那棟屋子裡，勉強餬口度日。我們也沒有疏散去鄉間，空襲的時候，也只是躲在屋子裡發抖。那段期間，那把刀依然鋒利無比，被供在屋子正中央。」

我覺得好討厭好討厭討厭死了！——勢子歇斯底里地說，重拍了一下桌子。

「決定把庫存的刀賣掉的時候……」

勢子的目光飄向遠處。

「因為沒有人可以依靠，我左思右想，最後去找了大垣先生。我沒有別的意思，真的就只是在這一行裡面，我沒有半個認識的人而已。是大垣先生介紹我其他同行，指點我生意上的各種訣竅。辦理登記的時候，他也關照我許多。等於幾乎都是他幫我做的。」

「原來你們是這樣的關係。」賀川說。

「對，如果沒有大垣先生，就沒有今天的我。他是我的恩人。因為大垣先生說那把刀……」

「妳說那把凶器嗎？」

「說那把刀可以寄放在他那裡，所以我立刻……」

「那……」

原來凶器**從一開始就在大垣那裡**嗎？——賀川說著，抱住了頭，「原來根本沒有在兩地之間搬運過，難怪沒有半個目擊者。那裡跟所有現場都近在咫尺，幾乎沒有移動的必要。那所以……妳把刀送過去了。那是什麼時候的事？」

「我是在戰敗那一年的年底決定要賣刀換取收入，所以是隔年——昭和二十一年的春天。我送那把刀過去的時候……」

勢子仰望宇野。

「憲一就在大垣家。」

「那時候他還是個孩子吧？」

「是的。」

「他現在十九歲，那時候應該十一、十二歲吧。那時候妳女兒多大？」

「八歲。」

「根本沒差多少啊。」賀川發出哭腔。

「是的，當然，那時候我對他並沒有那種感情，只覺得他跟春子年紀相近，所以應該是把他當成兒子一樣對待。大垣先生的父親年事已高，家中又沒有女人照管……兒子好像也離家了，似乎諸事不便，所以我會去幫忙家事。」

「那時候的勢子女士就像母親一樣。」宇野說，「但她不是母親，我……」

「別說了，我不太想聽。」賀川打斷他，「或許是有這樣的事吧。男女之事，老實說我很不會應付。而且這與殺人命案無關。警方不管民事。」

賀川說完後，又喃喃道「不，還是有關？」望向敦子。

「有關……對吧？」

「我餓得蹲在路邊的時候，被大垣爺爺撿了回去，我跟他回家，只是想要有飯吃，但他一直照顧我。大垣伯伯雖然工作很嚴格，卻沒有把不成才的我趕出去，把我養大。他也是我的恩人。」

「你會怕刀子嗎？」賀川問。

「我不知道。可是只要手裡拿著刀，手就會發抖，會覺得快要昏過去了。」

賀川看向敦子，苦著臉點了幾下頭。

「伯伯很有耐性地教我，我也努力回報他的期待，卻一點用都沒有。別說進步或犯錯了，我根本連刀都拿不好。我覺得很懊喪，整天躲在屋子後面哭。每次都是太太——勢子女士安慰我。」

「是挨罵了嗎？」賀川問。

「伯伯不會罵我。」宇野說，「伯伯雖然不和善，但不會罵人，也不會吼人。做不到的話，他只會說不行。那是工作，這也是當然的，不可能說做不到也沒關係。如果做得好，或許會稱讚，但我從來沒有做好過。十七歲的時候，伯伯叫我放棄這條路。我心想要被趕出去了，但伯伯沒有把我趕走。」

「他叫你去工廠嗎？」

「不是他叫我去，是我說我想要工作，所以拜託伯伯，請他替我找份差事。但工廠那邊我也做不好。我沒有學歷，什麼都不會，是個廢物。是對社會沒有貢獻的人渣。」

「沒有這種事。」勢子說，「你是……」

「好了，我知道。」賀川制止勢子，「世上有些人就是比較笨拙，也有人什麼事都做不好。不過這些人大部分都是因為環境不合。大家都說那個什麼，適才適所，不過事情沒這麼容易，也得看運氣。像我自己，整個軍旅生涯都是個半點屁用也沒有的士兵，從早到晚吃耳刮子，被揍到臉都快變形了。射擊射不中，喇叭也吹不動，當一個士兵，簡直是廢物。那時候綽號還叫小朋友呢，小朋友。因為我是個小不點。所以了，我並不會認為你特別無能。這不重要……」

宇野似乎難以啟齒，但很快開口了：

「小春離開家裡，搬進學校宿舍，然後我不怎麼去工廠以後，勢子女士請我去片倉家……沒多久，就……」

「這裡還有未成年少女，措詞小心點啊。」賀川說。

站著的宇野望向美由紀。

美由紀沒有退縮，迎視著宇野。

宇野低下頭小聲說，美由紀，對不起。

「好啦好啦，夠啦。」賀川說，「然後呢？」

「呃，然後……我想了很久，最後在去年夏天，找大垣伯伯商量了。說……我想和勢子女士在一起。伯伯……」

「嚇了一大跳吧？」

「嗯，伯伯起初好像很驚訝，但沒有責怪我。伯伯說，這不是你一個人的事，也要考慮到對方，而且你還沒有獨當一面，又沒有工作，得為對方的處境和心情設想，好好討論之後再決定。不過伯伯說最好起碼等到小春從學校畢業以後再說。說我還年輕，來日方長。」

「喔……」賀川出聲，「那個老爺子真是個好人。這麼寬宏大量。我真是錯看他了。」

「所以……才會說太年輕啊……」美由紀說。

「什麼意思？」

「春子學姊說宇野先生……雖然是個好人，但人太好了很無趣，而且太年輕了。那時候我不太懂是什麼意思，不過的確，以父親來說……是太年輕了呢。」

「小春……那孩子……」勢子只說了這幾個字，便蒙住了臉。

「春子學姊……知道兩位的關係呢。」美由紀小聲說，勢子喃喃著「春子、小春」，視線徬徨，像在尋找什麼。

「小春……」

「對，就是在說那個春子。」賀川重新主導，「那個春子，呃……」

「春子同學是什麼時候，從誰那裡聽說，而得知鬼刀的事？」

敦子問道，勢子忽然正色，說「不是我說的」。

「看在做母親的我眼裡，春子也是個活潑聰明的孩子，但有些教人摸不透的城府。應該是進入現在的學校以後吧，我覺得我們之間出現了一道怎麼樣都無法跨越的鴻溝。有時她會忽然露出欣造死前的那種眼神……」

「我想應該是在雜誌上看到的。」宇野說，「我看到小春在讀舊雜誌。那應該是前年的事了，我問她在看什麼，她說是有礙兒童身心發展的東西，才不告訴你……」

是鳥口買下的那本雜誌嗎？或許還有其他雜誌報導了那起事件，但不管怎麼樣，寫法一定都相當低俗、煽情。

「所以我沒有看到，但一定就是。應該就是那之後不久，小春去找大垣伯伯……大垣家就在她們宿舍附近，要說容易去，是很容易去。聽說她針對那把大有來頭的刀，打破砂鍋問到底。伯伯說她去了好幾趟。」

「我從憲一那裡聽到這件事，覺得很不舒服……但又覺得似乎也無計可施。雖然我也不是刻意隱瞞，但確實沒有說出來……如果她直接來問我這個母親就好了，但她或許難以啟齒，我也沒有主動提起。加上我們也不是天天碰面。但我心裡總隱隱不安。沒多久……」

勢子轉向美由紀。

「假日的時候，她開始帶美由紀來家裡玩……我總算放下心中大石了。我覺得有美由紀這樣一個朋友陪伴，小春也可以安心了。」

對不起啊，美由紀——勢子向美由紀低頭行禮。

美由紀似乎不明白勢子為何要道歉。

或許不明白比較好。

既然春子已經死了，再也無從得知真相如何，但敦子認為無法否定春子是反社會精神病的可能性。

當然，這不是可以率爾認定的事，也不能這麼做，因此她認為絕對不該提出來。

春子會親近美由紀，或許是因為美由紀曾經涉入連續獵奇殺人事件，會頻繁地帶她回家，或許也是拿她當掩護。

勢子應該也有著這樣的擔憂。

或許其實不是如此，也希望不是如此。

「我是聽伯伯說的。」宇野接著說，「應該是開始帶美由紀回片倉刀劍鋪那時候，小春要求伯伯給她看刀子。伯伯說他拒絕了，但是有一次……伯伯離家片刻的空檔，刀子不見了。」

「什麼不見，未免太不小心了吧？那可是危險物品啊。怎麼會那麼……最起碼也該鎖起來吧？太隨便了。難道就這麼擱在外面？」

「不是的。刀子收在裡面的房間，藏在壁櫃的最上層深處。除非翻遍整棟屋子，否則不可能找得到。但因為沒有被翻箱倒櫃的痕跡，所以一直沒發現。」

「那刀子怎麼會……」

「應該……是爺爺告訴小春藏在哪裡的。」

「啊，還有另一個人嘛。那個……」賀川張開大嘴，「可是，他不是臥床不起嗎？」

「伯伯說，爺爺說『阿涼來過』。」

「什麼？對了，他已經……痴呆了，是嗎？」

「對，所以伯伯那時候沒有把爺爺這話當回事。那個阿涼是春子的曾祖母，對吧？五十年前以上就已經過世了，因此伯伯以為爺爺是做了夢，沒放在心上。如今回想，那時候來的人是小春吧。或許兩人的容貌或聲音有些相似，也因此伯伯才會一直沒發現刀不見了。」

「一直沒發現？什麼意思？啊，不是一偷走刀子馬上就行凶殺人，是嗎？」

「春子同學把刀取走後……藏在某個地方，是嗎？」

敦子問，宇野說「應該是」。

「聽說後來……小春多次去找伯伯，詳細打聽刀子的保養方法什麼的。因為她實在是太熱心了，伯伯還問小春是不是要繼承片倉刀劍鋪。結果小春說……」

如果我能活下來的話……

「聽說她這麼回答。伯伯問什麼意思，她就說片倉家的女人不是都會被刀砍死嗎？伯伯聽了嚴詞責備，叫她別說傻話……」

「那是什麼時候的事？」賀川問。

「去年秋天到年底的事。」

「那、那，試刀事件不是已經發生了嗎！」

賀川拍了一下桌子。

宇野低下頭去。

「到了年底，小春拿著刀去找伯伯。伯伯嚇壞了。因為他一直以為刀還在壁櫃裡，所以大吃一驚吧。這時伯伯總算發現，爺爺說的阿涼其實是小春。」

「然、然後呢？」

「伯伯說他背脊發涼。他逼問小春為什麼拿那種東西，小春說是為了**斬斷因緣**。太讓人莫名其妙了。但刀子污損了。光是擦拭，沒辦法清除血污，似乎也有細微的缺損。伯伯問她砍了什麼，她說砍了狗。」

「狗？」

「小春說那把刀渴望鮮血。不讓它吸血，她自己就會被砍，因為她是片倉家的女人……」

「這、這是什麼話？被砍的才不是狗，而是烤番薯的小販、前鷹架工和工人，砍的是人啊！怎、怎、怎麼會看不出來呢！」

賀川大吼道。

「伯伯他……」

「磨了刀嗎？」

刑警青筋暴露，怒氣沖沖地問。

「怎麼樣？大垣磨了刀嗎！」

宇野表情緊繃，只是深深地嘆了一口氣。

「為什麼要磨啊？」

賀川泫然欲泣。

「伯伯不清楚試刀手的新聞啊。他不讀報，也不跟人往來，但應該是有了不好的預感吧。他很擔心……通知了我們。」

那個時候，試刀手這個稱號應該尚未出現。報上應該是稱為連續路煞，也還沒有人死亡。

勢子開口：

「聽到大垣先生的話，我……立刻就猜想那個路煞是不是就是春子。但我半信半疑，不敢問她本人。春子多半都和美由紀同學在一起，看起來也和之前沒什麼不同，所以覺得不是和或許就是的心情總是摻半……」

「唔，也是啦，一般沒辦法想像吧。」

「伯伯把刀磨好了，但起了防心。新年過去，一陣子之後小春來了。她問刀子怎麼了，伯伯說磨好了，小春就說她想看，想看看刀子變得有多漂亮。」

「大、大垣讓她看了嗎？」

「伯伯說他本來拒絕了。但小春非常生氣，大罵說刀子真正的主人是她，擁有片倉家血統的就只有她一個人，鬼刀是屬於她的……」

「就……」

賀川發出走了調的聲音。

「就算是這樣，也不能給她看啊！然後就把刀給她了嗎？就算她大吼大罵，那不就是個十六歲的小丫頭而已嗎？怎麼不罵回去呢？怎麼不阻止她呢？那樣一來……就不會有人死了啊！」

賀川說完，咬住了嘴唇。

「是的，您說的沒錯。可是伯伯說他拒絕不了。說他……非常害怕。」

「怕？怕一個女學生？」

「小春是女學生沒錯，但伯伯說當時的她完全不像這個世界的人。伯伯就只是……」

害怕得不得了。

可怕極了。

別扯上關係。

大垣喜一郎這麼說過。

手上拿著刀，

就是要殺人。

會不由得想要殺人。

大垣是在後悔。

同時也是在恐懼。

只要沒有刀……

「伯伯立刻來通知我們。一臉鐵青的。可是……」

「那個寡婦已經被殺了，是吧？」

「為什麼、為什麼那個時候不報警？為什麼？都演變成那樣了，你們還……」

賀川眼眶泛淚。

「我們還是相信。」勢子說，「還是會想……不可能有這種事。」

「可是……」

「春子是我的女兒啊！她才十六歲而已啊……！」

「可是刀在她手上啊！」賀川第三次拍桌，「就只有這一點是千真萬確的事實，不是嗎？就算她什麼事也沒做，帶著刀不是太危險了嗎？那可是日本刀呢，而且是打磨得削鐵如泥的日本刀啊！一個十六歲的女學生會拿那種東西嗎？不會，才不會！要是拿著那種東西，光是那樣就觸法了。你們應該要報警啊！那樣警方就會管教她了，那樣一來、那樣一來……」

都已經太遲了——賀川說道，一臉頹喪。

「然後呢？你、你師傅又幫她磨了刀嗎？」

「沒有。」宇野語帶哭音說，「伯伯說，那個時候小春沒有去。下一次小春出現在伯伯那裡，是一個月左右以後……記得是……對，二月二十日的三更半夜。」

「第六次行凶的日子嗎？也就是……剛殺死澡堂燒水的老頭子之後。」

「凶器……」敦子思忖，「是帶回宿舍了嗎？不，那麼晚的時間回宿舍，會引起懷疑，而且後來春子同學回去下谷了，所以應該是先藏在附近，隔天回學校的時候再來取……不對呢。出鞘的日本刀不可能帶回宿舍，所以一定是另外找了個藏刀的地點，一直放在那裡，這樣推論比較合理吧。」

聽敦子這麼說，賀川露出有苦說不出的表情，「被妳這麼一說，那所學校附近到處都是可以藏刀的地點。到棒球場的路上，就像一片森林。也沒有路燈。原來如此，現場會集中在這一帶，是因為位在宿舍旁邊，附近就有可以藏刀的地點嗎？而且離大垣家也近……」

那麼。

「等於是磨過一次刀之後，砍了三個人呢。」

「嗯，仔細保養過的話，或許是可以砍上這麼多人……」

「『砍不動了，打磨一下。』」

「咦？」

宇野說：

「伯伯說小春這樣對他說。他說小春那時候的眼神，那已經不是人的眼神了。完全就是鬼。伯伯說他嚇壞了，渾身發抖，連話都說不出來。刀子把那個女孩變成了鬼，而現在鬼就在使那把刀……」

「應該吧……」勢子接著說，「後來春子回家了。我想應該是近午夜的時間了。我已經忍無可忍了。那時候試刀手已經殺了兩個人，我以為她又殺了人……嚴詞逼問她。結果她笑了……」

就快**完美**了。

那樣一來，就可以斬斷因緣了。

太好了呢，媽。

「她這樣樣說。笑著這樣說。」

敦子一陣毛骨悚然。

敦子沒有見過春子，因此在腦中冷笑的女學生是美由紀，也是敦子自己以前的臉。像美由紀也像敦子的春子，手上提著血淋淋的凶刀，露出微笑。

那是……

「意思是，春子同學認為只要用鬼刀**完美**地殺人，就能斬斷鬼的因緣嗎？」

「我不知道。」勢子說，「問題不在人數，而是能不能……**完美**地殺人嗎？」

「什麼叫完美地殺人？」

賀川暴躁地說。

「就算沒殺成，烤番薯小販的左手也已經沒了，再也沒辦法拉他的攤子了！」

賀川壓低了聲音吼道。

勢子的瞳眸顫抖著，「我……聽到這話，心理已經相信一半了。春子做了十惡不赦的壞事，她殺了人。可是當時我只是嚇住了，什麼話都說不出來。然後隔天我等春子回去學校以後，去了大垣先生那裡。大垣先生整個人憔悴得可怕……我想春子去找他以後，他應該一整天都動彈不得。就拿著那把刀……」

「不吃不喝？也不睡？他就那麼……」

害怕嗎？

「我……請他打磨那把刀。」

「為什麼？」

「因為……」

「因為什麼！」賀川大吼，「這太荒謬了！」

「或許是吧。可是，如果那孩子真的就是殺人凶手……只要磨刀，那孩子就會繼續殺人，對吧？那麼我要抓住現行犯……」

「為什麼就是不報警呢？」賀川說。

「因為我無論如何都不願意相信。可是已經死了好幾個人，如果她真的就是凶手，我不能讓她繼續下去。但即使如此，我還是希望這不是真的。所以……」

「妳……」

賀川總算露出恍然大悟的表情。

「妳跟宇野一起埋伏她……是嗎？妳們不是送春子回學校，而是去確定春子有沒有去大垣家領刀嗎？然後跟蹤她，想要阻止她行凶嗎？對吧？」

勢子點點頭，垂下頭去。

「是這樣嗎？宇野！」

宇野也垂下頭，小聲地說「是的」。

「我再也看不下去了。勢子女士說要殺了小春，然後自殺，可是她還是有些懷疑。我也無法相信，但是如果小春去伯伯那裡領刀走出來的話……不就只能相信了嗎？若是親眼看見，勢子女士和我也非接受事實不可了。所以我們一起出門，躲在大垣家隔壁。一陣子以後，小春來了，然後拿著刀出來了。所以我們抓住她，想要把她帶去投案。可是……」

「那孩子一看到我……」勢子說，「竟然舉刀砍了上來。」

「太可怕了。我幾乎嚇破膽了。我想要設法阻止小春。她已經失去理智了。不，完全瘋了。居然想殺害自己的母親……真的就像伯伯說的，那不是小春，而是別的什麼。」

敦子覺得不對。

像那樣把人比擬為某種非人之物，是一種**逃避**。

不管看起來再怎麼異常，那都是片倉春子這個人吧。

每個人與瘋狂都只有一線之隔。沒有人不是異常的。

不，稱其為瘋狂，也是一種歧視吧。

是有這種人的。只是倘若對照法律，這種人的行為，有時是應當受罰的。只是……這樣罷了。

當然，如果有人因此受害，事情就無法**這樣罷了**。

生命毫無理由地遭到剝奪，不可能平心接受就是這麼回事。

但是，應該就是沒有理由的。

即使沒道理、不合理，就是這麼回事。

所以人才會招請非人之物，設法填補那無法填補的空洞。

填滿無法填補的空洞的，是虛無。

是鬼。

「在扭打之中……」

「我拚了老命。滿腦子只想著非把刀搶下來不可。因為……」

刀。

都是刀的錯——勢子說：

「只要沒有那把刀，只要沒有刀……那孩子、春子……我瘋了似地想要搶走刀子。結果……」

血噴了出來。

「我、我把那孩子……」

刀。

刀。

女兒。

我女兒要死了。

「是我殺了那孩子。」

勢子只是恍惚出神，或許是連淚也哭乾了。

「我整個人昏了頭，滿腦子只想著把刀搶下來就沒事了。回過神時，那把可怕的刀在我的手上……我忍不住把刀丟開了。我連碰都不想碰它。結果那孩子倒在地上，一動也不動，所以我去叫警察……」

「應該先報警的。」賀川小聲說，「那妳身上應該濺到血了吧？巡警怎麼沒發現？因為天色太暗嗎？那一帶很暗嘛。或許是很暗……對了，妳跟巡警一起回到現場，抱起了女兒，對吧？所以巡警跑去呼叫急救，妳也上了車，警方以為血是那時候沾上的。那凶器……」

「是我。」宇野喃喃說道，「是我。你們都在說些什麼啊？凶手是我啊！」

是我、是我——宇野漸漸激動起來，一再揮舞被綁起來的雙手。

「人是我殺的！我說過好幾次了。我不是自白了嗎？母親殺女兒，才沒有這種事。絕不能有這種事。試刀手也是我。人都是我殺的。這樣就行了吧？小春是個好女孩啊。而且她人已經死了，沒辦法制裁吧？被害者的家屬也要看到有個凶手、凶手被判死刑，否則沒辦法接受吧？所以是我就好了啊。這樣不就皆大歡喜了嗎？就是我啊！」

「就算你那樣說，這……」

「其他刑警什麼也沒說，都認為我就是凶手，所以這樣不就好了嗎？我不想再看到她傷心的樣子了。親生女兒是連續殺人魔，而且自己親手殺了那個女兒，世上不能有這麼悲哀的事……」

突然間，響起「砰」的一聲。

美由紀霍地站了起來。

「你夠了沒！」

美由紀叉開雙腳站立，上身前傾，雙手拍桌。

「什麼跟什麼？我最討厭那種胡攪蠻纏的態度了。凶手就是春子學姊，明明就是！春子學姊殺了人，對吧！」

「不……」

「不什麼不！從剛才大家的話，不可能有其他答案了。不，你們兩個都承認了啊！然而還要繼續強辯嗎？什麼不能有這種事，又不是那種問題，就是發生了不該發生的事啊！就算遮住眼睛、摀住耳朵，發生的事就是發生了！」

美由紀深深地吸了一口氣。

「就算包庇死人也沒用。不管宇野先生做什麼、說什麼，犯下的罪就是罪。還是怎樣？宇野先生代替春子學姊被判死刑，就可以抵消春子學姊的罪嗎？阿姨也可以忘掉一切嗎？不管是女兒犯下的罪，還是自己的罪，都可以忘得一乾二淨嗎？還是受傷的人可以復原，死掉的人也能復生？不可能有這種魔法般的事。都幾歲的人了，連這都不懂嗎！」

宇野啞然失聲。

不，連敦子都驚愕極了。

「不管怎麼做，罪行就是罪行，事實就是事實，這是無法改變的。遑論以為只要替人頂罪，被判死刑，就能皆大歡喜，這種想法簡直荒唐可笑幼稚透頂！想要自己一個人犧牲，解決一切，我說宇野先生，你只是在自我陶醉罷了吧？」

別鬧了，好嗎？——美由紀握住拳頭。

「不想讓阿姨傷心？要是你被判死刑，難道阿姨就不會傷心嗎？我說的不對嗎？阿姨——勢子阿姨就是聽到你可能被判死刑、就是無法承受你被判死刑，才會跑來自首的，不是嗎！連這都不懂，你到底是有多遲鈍？還是你已經自我陶醉到昏頭了？」

美由紀指著宇野說：

「我不聰明，又是個小丫頭，但還明白這點事。春子學姊對我很好，是很棒的朋友，可是這跟她犯的罪是兩碼子事！就算是好孩子，也是有可能犯罪的。雖然很讓人傷心難過難以接受，但她一定就是那種人吧。想到被殺的人還有他們的家人，我覺得很心痛，可是那些事情就是春子學姊做出來的。」

宇野轉頭從美由紀身上別開目光。

「這個事實必須好好面對接受才行吧？我也很震驚、很難過，覺得一頭霧水，但還是接受了事實。

宇野先生也要好好面對才行啊。再說，宇野先生頂替學姊，所有的事就能一筆勾銷嗎？不可能嘛。死掉的人不會回來了！再說，宇野先生根本什麼事都沒做啊。你跟這件事根本無關吧！」

阿姨！——美由紀轉向勢子。

「阿姨也是。不是妳殺了春子學姊，是春子學姊想要殺妳才對吧？這種情況，不是叫做正當防衛什麼的嗎？不是嗎？刑警先生。」

「嗄？喔，唔，這不是由我來判斷的。」

「太不可靠了吧！」美由紀怒吼，「阿姨沒有殺意，這不是一清二楚的事嗎？也不是過失。當時兩人在扭打，所以就像是一場意外。不對，宇野先生也作證是春子學姊攻擊阿姨，那就是正當防衛！對方拿著日本刀殺過來欸？所以那叫什麼去了？不算是防衛過當吧？殺人我可是很熟悉的！」

美由紀再次拍桌。

「宇野先生無罪，阿姨是正當防衛。連續殺人犯是春子學姊，而學姊已經死了。這就是現實，再怎麼樣都無從改變的事實。那麼，根本沒有必要猶豫、多想不是嗎？就算動小手腳掩飾，這些事實也不會改變！」

美由紀用手背揩眼睛。

原來她哭了嗎？

「阿姨。」美由紀再次呼喚勢子，「已經發生的事實，是沒辦法改變的。但就算無法改變，也不能忘記，更絕對不能捏造過去。但是對我來說，過去……」

是可以改變的——美由紀說。

「前提是人必須活著。這是我自己的體驗。必須接受事實，怎麼說，要不斷思考。我在之前的學校，要好的朋友被殺了。我覺得很難過，很不甘心，也很生氣，對沒辦法阻止這一切的自己絕望極了，這些到現在還是一樣，可是，也是有過許多美好回憶。就算有了不好的回憶，也不是就會連好的回憶都被抹殺吧？只要好好面對，不斷思考，不管再怎麼殘酷的過去，還是會變成不錯的回憶的。一定會的。」

勢子的眉毛痛苦地糾結在一起。

「可怕的、像鬼一樣的春子學姊，和可愛而令人疼惜的春子學姊，都一樣是春子學姊，對吧？如果覺得身為母親有責任，就應該好好面對被春子學姊傷害的人，還有被她殺害的人的家屬。就算幫學姊頂罪，或宇野先生扛下罪責，也沒有任何意義。」

我說的不對嗎？宇野先生——美由紀厲聲說：

「被害者是無辜的。他們是突然就被殺死的。不管誰說什麼，不對的都是春子學姊。犯下絕對不可饒恕的罪行的，不是宇野先生，也不是阿姨，而是片倉春子……」

是妳的女兒——美由紀說：

「加害者沒有贖罪就死去了。阿姨是加害者的親人。春子學姊還未成年，所以身為監護者，阿姨或許有責任……可是這樣的話，」

美由紀用拳頭抵著額頭，苦思該怎麼說。

「就算要負責，也不是做出頂罪這種幼稚的行為，而是應該向被害者還有他們的家人說些什麼才對吧？不管阿姨再怎麼道歉，被害者和家屬應該都不會輕易原諒，但留下來的親人不好好道歉，被害者不是也死不瞑目嗎？包庇春子學姊，完全就是不把被害者放在眼裡，不對嗎？」

美由紀已經是邊說邊哭了。

「如果阿姨是凶手，這實在不是道歉就可以算了的，但阿姨並不是凶手。以某個意義來說，阿姨也是受害者，所以我覺得總有一天，對方也能理解的。雖然或許有可能不被理解——不，應該不會被理解，可是就算這樣，也不是就可以逃避的。或許很艱難，然而不管是為了自己，還是為了春子學姊，都必須好好面對被害者和他們的家人啊！我……」

我這樣太傲慢了嗎？——美由紀問敦子。

敦子只是搖頭。

「這、這條路很艱辛，對吧？頂罪還要輕鬆多了，但不是輕鬆就好的。因為那樣一定只會把痛苦稀釋得更長更久。會有其中一個人被判死刑，另一個人被留下來。這樣真的好嗎？」

宇野先生！——美由紀怒吼。

「能支持阿姨的不就只有你了嗎？不對嗎？你們是一對吧？那就該兩個人合力克服這個難關啊。我這話太天真了嗎？我是個小丫頭，所以要說天真的話。或許沒辦法，但還是要努力啊！你們要以身作則，讓我們看到只要努力就能做到，即使做不到也要努力，讓我們看到這樣的美好的夢想啊！因為我就是愛做夢的女學生！」

美由紀連珠炮似地說完後，用力跺了一下腳，正襟危坐地坐回椅子上。

勢子眼睛一眨也不眨地仰望宇野。

宇野似乎啞然無語。

站在宇野兩旁的警官也傻掉了。

賀川眼神游移，嘴巴半張了片刻，不久後閉上眼睛，低吟起來：

「說的一點都沒錯。我說宇野，你錯了。片倉女士，妳也是。這位小姑娘說的話，唔，再天經地義不過了。說得我心服口服。片倉女士雖說是正當防衛，但殺害了女兒，宇野也做了偽證，所以沒辦法無罪釋放，不過連續殺傷事件的凶手就是春子同學。接下來我會去說服上頭，也會請你們兩位重新作證，你們要做好心理準備。哎呀……」

這下子輿論要沸騰啦——賀川說，整張臉皺成了一團。

6

覺得……可怕極了。

這樣的感情並沒有明確的對象。

那確實是慘無人道的行為，但動機是源自於蒙昧的妄信，難說邪惡。

犯行本身亦是，極為幼稚，遑論精巧，只是一些意外性被成見所蒙蔽，其實是極為單純的犯罪。

完全是欠缺核心的事件。

敦子自己也沒有遭遇危險。

即使如此。

敦子依然感到害怕。

能滿不在乎地做出殘虐行為的人很可怕——這樣的老套說法她不喜歡。她認為這是毫無意義的感想。

當然，她也不覺得作祟或詛咒可怕。因為世上根本沒有作祟或詛咒。那只不過是面對難以接受的現狀時，所採取的一種認識形式罷了。

殺人這樣的行為本身也是，殺人當然是反社會的暴力行為，但比起可怕，更是應該排斥、視為禁忌的行為，僅此而已。殺人被視為絕對不能做的事，形成規範。確實，社會中如果有人滿不在乎地破壞規範，會相當可怕。但敦子覺得對於生活在法治國家的自己而言，那並非可怕的事物，而是應該憎恨的惡行，是應該取締、根除的違法行為，如此而已。

也許，敦子是對這起內容空洞的悲劇的空疏感到恐怖。

她針對這個問題思索了一陣。

約十天後，敦子去了兒童屋。

真的只是去看看而已，並沒有什麼事情。

這顯然跳脫了敦子的行為模式。

完全是異常行動。

巷弄裡擠滿了小孩子。

學校正在放春假吧。敦子並不討厭小孩，卻不知道該怎麼應付他們。她非常不擅長讓自己變得天真。人們說回歸童心，但不管回到哪裡，自己的內心都找不到童心。小孩子不懂道理，反而讓敦子想太多，經常不知道該如何應對。

敦子當下覺得不好進去，正打算折返，忽然聽見一道格外響亮的笑聲，定睛一看，是美由紀。她一個人特別高大，因此格外醒目。她本來以為美由紀回去千葉老家了，原來還留在這裡？

敦子走進狹窄的巷弄，美由紀眼尖地發現，舉起長長的手，高喊，「敦子小姐！」

嘴裡含著醋魷魚。

「敦子小姐，妳怎麼來了？」

「妳才是，現在是升學前的假期吧？」

「只是升上高中部而已，又沒什麼改變。宿舍房間也搬好了，閒得很。要喝蜜柑水嗎？」

「不要。」

敦子當場回答。

不買東西卻占場所，令人心虛，所以敦子猶豫之後，買了名為梅子果醬的東西。因為是抹在煎餅上吃的，她也買了煎餅。她不是那麼喜歡煎餅，但總比醋魷魚好。

後來。

如同賀川所擔憂的，輿論沸騰。

雖然報導只說試刀手的真凶是未成年人，但光是這樣就十足聳動了。報上說，前車床工只是阻止犯行，而凶手的母親試圖阻止行凶，反遭攻擊，雙方扭打之中，誤殺了凶手。

大致符合事實，應該沒有隱瞞或竄改。

姓名沒有寫出來，但先前的報導早已大書特書，因此沒有意義。

「還好嗎？」敦子問。

「什麼東西還好？」

「學校。鬧得很大吧？」

「也沒有。」美由紀應道，「當然，茲事體大，唔，老師他們感覺是很嚴肅，好像也有許多家長詢問，但學生還是一樣。」

「一樣？」

「整天喊著好可怕好可怕……噯，就算害怕，也事不關己。她們說片倉學姊是遇到作祟，變成了鬼女。」

大概就這樣吧。

「妳跟她很要好，沒有被說什麼嗎？」

「我習慣了啦，一點都不在乎。又不是我做壞事，人家說什麼我都不在意。反倒是有人同情我，說美由紀同學沒被殺死，太好了。我就配合說真的，嚇死我了。」

這女孩很堅強。

宇野獲得釋放了。

勢子則是移送檢調。

如果沒有意外，應該會如同美由紀預期的，以正當防衛處理。

大垣好像也被找去偵訊，但似乎沒有被問罪。

大垣好像主張全是他不好，但他並非確切知道春子就是凶手，也沒有協助犯罪，或藏匿凶手，所以無法成案的樣子。

但大垣喜一郎不做磨刀師了。

他的父親大垣彌助過世了。聽說是老衰死亡。

他說要把屋子賣了，搬去松戶投靠兒子喜助。

宇野憲一好像打算等勢子的判決出來後，與她登記結婚，往後搬去其他地方生活。雖然在那之前，有堆積如山的事要處理。

美由紀的那番演說奏效了。

「那把刀會怎麼樣呢？」美由紀問。

「本來好像考慮請警方處理掉，但最後好像決定由大垣先生收下。因為那把刀對大垣先生來說，也因緣匪淺。」

是他的祖父畢生尋覓的刀。

「那，會帶到松戶去呢。」

應該是吧。

敦子有點吃不太下這煎餅。

「敦子小姐果然還是很像令兄。」美由紀說。

「哪裡像？才不像呢。」

「不，我知道的和敦子小姐一樣多，但都到了那個階段，還是完全沒想到春子學姊就是試刀手。我什麼都沒看出來。」

「真要這麼說的話，那時候等於是妳讓場面圓滿落幕的。我只是想要看出真相，卻沒有想到看出真相以後要怎麼辦。」

所以遠遠不及哥哥。

「我只是按捺不住，把肚子裡的話全說出來罷了。真丟臉。」

「大家都聽進去了呀。賀川先生也……」

「那個小朋友刑警嗎？」

敦子噗哧笑了出來。

「美由紀，那樣太沒禮貌了啦。不過，那位小朋友刑警、宇野先生和勢子女士，都聽從了妳那番高言讜論，決定要怎麼做，所以妳的話完全傳達出去嘍。」

「我說得有條有理嗎？夠充分嗎？」

「真要說的話……我覺得比較受到偵探的影響。」

聽敦子這麼說，美由紀說：

「天哪，那不得了了！我是那種樣子嗎？」

「先不管那個，我覺得醋魷魚和蜜柑水不搭欸。」敦子說。

美由紀顯得不服氣，一群孩子從她身邊跑過。

歡樂的哇哇喧嘩聲充斥著巷弄。

這個場所一點都不空虛——不知為何，敦子這麼想。

主要參考文獻

《鳥山石燕　畫圖百鬼夜行》　高田衛監修／國書刊行會※

《佐藤彥五郎日記》　日野市

《日野宿關係史料集／日野宿關係論考／　日野市

《土方歲三日記》　菊池明編著／筑摩學藝文庫

《土方歲三・沖田總司全書簡集》　菊池明編著／新人物往來社

《新選組日誌》　菊池明・伊東成郎・山村龍也編／新人物文庫

《淺草十二階》　細馬宏通／青土社

《明治的迷宮都市》　橋爪紳也／平凡社

《百美人寫真帖》　綱島龜吉／大橋堂日比野藤太郎

《選美百年史》（美人コンテスト百年史）　井上章一／朝日文藝文庫

※　本作品為作者所創作的虛構小說，故事中登場的團體名、人名及其他，如有雷同，純屬巧合，特此聲明。

解說　臥斧

刀槍不會殺人。人才會殺人——又或者不全然如此？

（本文涉及《今昔百鬼拾遺——鬼》小說情節，請自行斟酌閱讀）

「轉變，這是槍之為槍的本質。」——《血色的旅途》

英國記者伊恩．歐佛頓（Iain Overton）兩千年時在南太平洋的索羅門群島（Solomon Islands）進行專題調查，遇上暴力事件，親眼目睹身旁的人被武裝民兵開槍擊斃。這樁經歷讓他開始致力於探究槍枝與暴力事件，前後十年到各個國家採訪不同國家、不同組織，將結果整理成《血色的旅途》（*Gun Baby Gun*）一書，二〇一五年出版。

雖然近身接觸槍枝暴力，但在《血色的旅途》中，歐佛頓並未表現出絕對反對槍械的立場。從國防、警備到工業，從犯罪、自衛到炫富，擁槍比例高的國家，關於槍枝的暴力案件不見得就多，為了遏止罪犯而提升警方火力的國家，也增加了誤擊無辜民眾的機率。歐佛頓從反槍及擁槍團體、製槍企業與銷售市場等等不同管道獲得的採訪資料，顯示槍枝與現代社會深入複雜的牽扯，想要讓槍「用在該用的時機」，並沒有一個簡單明快的處理方法。藉由各個方向的查訪，歐佛頓除了揭露部分槍枝管控、流通及使用的狀況，更要緊的，是思考「槍枝對人的影響」。

「槍不會殺人。人才會殺人。」

沒有人去扣發扳機射出子彈，槍就是一個金屬、塑膠與木料的組合體，本身並沒有殺傷力——這道理大家都懂，擁槍、製槍的單位也常用這種說法來支持己方論點。但歐佛頓認為，正常狀況下，槍雖然不會自己擊發，但槍會從精神層面影響人。

歐佛頓講的並不是某種超自然的神祕，而是槍的本質。

對大多數人而言，槍蘊藏著比自己更大的破壞力量。體能較弱、不擅使用暴力的人只要有槍，在面對體能較強、習慣使用暴力的對手時，就可能可以自我保護、威嚇對手，甚至進一步傷害對手；反過來說，一個原來就習慣使用暴力的人有了槍，就可以更輕鬆、更肆無忌憚地欺壓他者。槍可能放大一個人原有的欲望——本來辦不到的事，有了槍就可以辦到了；槍可能升高人與人之間的衝突——本來應該用更和緩方式處理的事，有了槍就可以直接解決。槍的本質能賦予人使用破壞力量的自由，而這種本質會對人如何處理事情的想法產生影響。

讀京極夏彥的《今昔百鬼拾遺——鬼》，很難不想起歐佛頓的體悟。

京極夏彥一九九四年以《姑獲鳥之夏》（姑獲鳥の夏）一鳴驚人地出道之後，陸續創作了一系列以相同主角「京極堂」為解謎角色的長篇小說，稱為「百鬼夜行」系列，或直接叫做「京極堂」系列。到二〇〇六年為止，這系列一共出版了九本長篇。另外，從一九九九年開始，京極夏彥以「百鬼夜行」中的幾個配角創作中篇或短篇，至二〇〇四年為止，出版了四本合集，可以視為「百鬼夜行」系列的延伸作品。二〇〇六年出版《邪魅之雫》（邪魅の雫）後，京極夏彥有很長一段時間沒再續寫這系列故事；二〇一二年的《百鬼夜行——陽》算在這個系列當中，不過屬於「以配角當主角」的延伸短篇集，其中兩個短篇暗示主系列未來將有一本名為《鵺之碑》（鵺の碑）的長篇，令人期待。

七年過去，《鵺之碑》一直沒出版，京極夏彥反倒在二〇一九年交出了其他長篇，而且一來就是三本。

這三本長篇在日本連續三個月由不同出版社發行，主角都是京極堂的妹妹中禪寺敦子，《今昔百鬼拾遺——鬼》是第一本，事件關係人是在主系列第五部《絡新婦之理》（絡新婦の理）中登場過的配角吳美由紀；雖是長篇，但因主角不是京極堂，是故仍算是「百鬼夜行」系列的延伸作品。不過對主系列毫無概念的讀者，閱讀起來不會有什麼問題，當成獨立故事看也可以。有趣的是，雖然不是主系列故事，妖異氛圍也與其他延伸短篇不甚相同，但《今昔百鬼拾遺——鬼》依然牢牢掌握了「百鬼夜行」系列的核心精神——從某個角度來說，初次接觸這個系列的讀者，可能最能夠從這本延伸作品理解這個核心精神。

會有這種狀況，與引領情節前進的主要敘事角色有關。

從《姑獲鳥之夏》開始，京極夏彥選用的主要敘事角色，大抵都有「混亂讀者思緒」及「塑造詭異氛圍」的功能，他們當然也會引領情節前進，但透過他們的視角看待事件，常會讓讀者越來越糊塗。身為雜誌記者的中禪寺敦子沒有這類問題，她的思路很清晰，做事有條理，雖然沒有像京極堂那樣最後一登場就用驚人的雄辯及縝密的推理壓倒眾人的氣勢，卻能夠扎實地協助讀者推進對於事件的認知，建立思考脈絡。

另一方面，也與這個故事選擇的妖魅有關。

「百鬼夜行」系列的每個故事都會使用不同的日本妖怪典故，《今昔百鬼拾遺——鬼》從書名可知這書講的應該是「鬼」——這個設定連結到「新選組」，新選組的事蹟已被各種流行文化大量改編，多數讀者可能並不陌生。而故事中的主要設計是「刀」——召來不祥、甚至魅惑人心的「妖刀」；這個設定在各式創作當中也不罕見，與系列當中其他妖怪相較，不需要太多歷史及文化解釋，輔以事件當中「斬人試刀」的情節，讀者就容易形成概括印象，順暢閱讀。

如此設計，讓《今昔百鬼拾遺——鬼》的主題，與《血色的旅途》產生呼應。

與槍相比，刀劍之類「冷兵器」毋需子彈與擊發裝置，是更直接的傷人之物。《今昔百鬼拾遺——鬼》中的磨刀師傅對槍雖有不同看法，但準確指出刀與槍的共同特質——它們被發明、製造、改良與保養的目的，就是為了傷人。刀與槍本身不會傷人，必須得要有人使用；但刀與槍的本質可能會影響人，因為它們代表某種「使用破壞力量的自由」。

而這個主題，準確傳達了「百鬼夜行」系列的核心精神。

雖然每個故事都使用不同的日本妖怪典故，雖然每個故事一開始都帶著陰森詭異的氣氛，但「百鬼夜行」系列從來沒有真的出現過任何一種妖怪。無論事件看起來與哪種妖祟有關，無論事件裡出現哪種常理難以忖度的怪異，京極夏彥都在解釋文化源流與時代變異的同時告訴讀者：歷史與傳說當中生成妖怪自有因由，神魔鬼怪一向被用來解釋人們無法理解說明的物事，但人間種種，都由人類的思想與行動構成，那些超自然物事，其實是想把不合理合理化時出現的存在。

「刀槍不會殺人。人才會殺人」並沒有錯，但卻沒有討論到另一個面向。

物要有人使用才能發揮本質具備的功能，而物的本質會影響人，這兩件事同時存在，甚至不用談到刀槍之類傷人之物，一般日常器物也有相同的狀況。將自然產物經過各種發明變造、產生特定用途來協助生活，是人類得以發展文明的重要原因；但這些人造之物對人心產生的影響，也是身而為人不得不思考的課題。

因為，鬼，就在人心之中。

本文作者簡介——

念醫學工程但是在出版相關行業打滾。想做的事情很多。能睡覺的時間很少。工作時數很長。錢包很薄。覺得書店唱片行電影院很可怕。隻身犯險的次數很頻繁。出版：《給S的音樂情書》、《塞滿鑰匙的空房間》、《雨狗空間》、《溫啤酒與冷女人》、《馬戲團離鎮》、《舌行家族》、《沒人知道我走了》、《碎夢大道》、《硬漢有時軟軟的》、《抵達夢土通知我》、《FIX》、《螞蟻上樹》、《低價夢想》。喜歡說故事。討厭自我介紹。

京極夏彥作品集23——今昔百鬼拾遺——鬼

原著書名：今昔百鬼拾遺　鬼
作者：京極夏彥
翻譯：王華懋
編輯總監：劉麗真
責任編輯：張麗嫺
總經理：陳逸瑛
榮譽社長：詹宏志
發行人：涂玉雲

出版社：獨步文化
城邦文化事業股份有限公司
104 台北市中山區民生東路二段 141 號 5 樓
電話：(02) 2500-7696　傳真：(02) 2500-1967

發行：英屬蓋曼群島商家庭傳媒股份有限公司城邦分公司
104 台北市中山區民生東路二段 141 號 2 樓

網址：www.cite.com.tw
讀者服務專線：(02) 2500-7718；2500-7719
服務時間：週一至週五：09:30～12:00　13:30～17:00
24 小時傳真服務：(02) 2500-1900；2500-1991
讀者服務信箱 E-mail：service@readingclub.com.tw
劃撥帳號：19863813
戶名：書虫股份有限公司

香港發行所：城邦（香港）出版集團有限公司
香港灣仔駱克灣道 193 號東超商業中心 1 樓
電話：(852) 2508-6231　傳真：(852) 2578-9337
城邦（馬新）出版集團 Cite (M) Sdn Bhd
41, Jalan Radin Anum, Bandar Baru Sri Petaling,
57000 Kuala Lumpur, Malaysia.
Tel: (603) 90578822　Fax:(603) 90576622　email:cite@cite.com.my

封面設計：高偉哲
印刷：前進彩藝有限公司
排版：陳瑜安
2020 年（民 109）10 月初版
售價 340 元

國家圖書館出版品預行編目資料

今昔百鬼拾遺　鬼／京極夏彥著；王華懋譯.
-- 初版. - 臺北市：獨步文化, 城邦文化出版：
家庭傳媒城邦分公司發行，民109, 10
面；　公分. --（京極夏彥作品集；23）
譯自：今昔百鬼拾遺　鬼
ISBN 978-957-9447-81-2（平裝）

861.57　　　109010655